PETIT TRAITÉ D'UNE DÉCONFINÉE
EN LIBERTÉ CONDITIONNELLE

©2021. EDICO
Édition : JDH Éditions

77600 Bussy-Saint-Georges. France
Imprimé par BoD – Books on Demand, Norderstedt, Allemagne

Illustration couverture : Yoann Laurent-Rouault
Réalisation graphique couverture : Cynthia Skorupa

ISBN : 978-2-38127-182-8
Dépôt légal : juillet 2021

Anne-Sophie Tredet

Petit traité d'une déconfinée en liberté conditionnelle

JDH Éditions

Drôles de pages

Avant-propos

Me revoilà !

« Mes amis, mes amours, mes emmerdes. »

Pour moi, ce serait plutôt : « Mon chat, mes aventures, mes tourments. »

Et ma liberté !

Bien avant le déconfinement, j'ai émis la possibilité d'écrire un second tome de mon journal de bord.

Un tant soit peu logique, non ? Vivre cette nouvelle étape comme une aventure à part entière, une aventure à partager, une aventure à se souvenir comme un album photo qu'on ouvre, un verre de nostalgie à la main.

Après m'être exposée – certains diront peut-être mise à nu – j'imagine aussi insister sur quelques détails survolés de ma vie personnelle afin de revisiter mon existence, sans manquer d'extrapoler sur le devoir de mémoire de cette époque improbable. Tout du moins la mienne…

Quand je serai vieille, recluse au fin fond de mon Ehpad – si ce n'est pas sous un pont, car d'ici là, il n'y aura plus que des riches et des pauvres, tours d'Ivoire contre Favellas – si j'ai encore des yeux pour voir, je pourrai revenir en arrière et, qui sait, partager mon souvenir de la liberté avec les petits-enfants des autres pensionnaires. Ils la verront alors comme le Graal du temps d'avant.

Peut-être essaierai-je à ce moment-là, au bord du précipice, de me convaincre que j'ai servi à quelque chose dans ce monde qui, lui, ne sert à rien. J'aurai une pensée pour mes pairs, ceux morts des années plus tôt et dont je me détourne un peu ces temps-ci !

Pourtant, j'ai longtemps aimé écouter leur vie s'étaler comme la frise d'une tapisserie, ne suspendant leur flot de paroles que pour respirer un grand coup.

Respirer, c'est tellement bon, ils le savent bien. Et c'est normal qu'ils aient peur ! Peur de ce virus qui coupe le souffle.

Maintenant, c'est différent, je ressens leurs nervures, leurs dissidences cognitives. Je fuis leur regard réprobateur... Avant, nous étions divisés en classes sociales ; à présent, nous subissons aussi le clivage des générations dans nos tripes. Les jeunes accusent les vieux de les sacrifier. Les vieux regrettent l'insouciance des jeunes...

Et moi, j'espère ne pas aller à l'Ehpad, comme un enfant ne veut pas aller à l'école !

Mon grand projet de tome 2 retourne dans les limbes de l'oubli au bout de quelques semaines de déconfinement. Dès le 11 mai, je suis littéralement blasée de la routine qui s'installe progressivement dans ce retour à la normale. Les jours se succèdent, sans saveur, chacun ayant repris ses habitudes. Facilement. Trop facilement. Tellement facilement qu'il est parfois difficile d'imaginer que cet interlude a vraiment eu lieu. Heureusement, certains alimentent notre mémoire collective et développent un « confinement blues », un « stress post-sortie ».

Mais le commun des mortels, lui, partage des anecdotes dignes de souvenirs de régiments, d'une colonie de vacances, laquelle se serait juste éternisée, peut-être à cause d'un moniteur un peu novice perdu en chemin. Je ne peux m'empêcher, en imaginant ce moniteur désorienté, de penser à « Manu » quand il renifle la coke devant tous ses ministres en élucubrant des monologues, tel un écrivain qui dédicace son livre, mais sans livre. Vous le voyez, vous aussi, ce genre de mec perdu ? Vous avez remarqué, maintenant je l'appelle « Manu », car lui concéder un nom de famille, c'est encore lui faire trop d'honneur ! Maintenant, ce sera « Manu », comme le copain du copain dont on se souvient à peine, l'insignifiant qui suit la route tracée pour lui… « Eh, Manu, tu descends » ! Ah non, tu ne peux pas, t'es déjà en bas, tout au fond de la bassesse humaine !

Lorsque j'écoute les aventures de confinement, j'ai en permanence le « pop-up » de cette colonie de vacances greffé au scénario présenté. J'ai l'impression que l'on me narre une jolie histoire de lanterne obsolète obligeant tous les enfants à camper la nuit en forêt, ou encore celle d'un gamin peureux qui s'enfuit à toutes jambes et dont on organise la battue jusqu'au petit matin… J'ai le sentiment que le confinement n'est rien d'autre que cette nuit interminable, ponctuée de quelques inquiétudes diverses. En somme, l'évènement le plus banal de l'année dont certains ne se privent pas d'en faire un roman à l'eau de rose.

Mais moi, je n'aime pas les romans à l'eau de rose.

Il m'arrive même de me dire que j'en ai fait des tonnes avec mes ribambelles d'indignations. J'écoute alors avec une ardeur nouvelle et forcée ceux qui subliment clairement ces deux mois d'enfermement, comme on sublime une histoire d'amour dont on n'a pas la trempe. Je me laisse bercer, je rêve à leurs moments de sérénité. Car si j'ai la trempe pour les passions, torrides ou tristes, je n'ai pas la trempe pour la sérénité.

9

À ce moment-là, comme vous pouvez le constater, je n'ai pas grand-chose à me mettre sous la dent, surtout que je fais comme un rejet des « Merdias », comme le corps parfois s'en ressent, après avoir usé et abusé de l'alcool et des repas trop copieux pendant Noël.

J'arrête alors momentanément le « doomscrolling », encore une addiction en puissance que j'essaye de contrôler. Oui, je suis un nid à addictions, comme les cheveux d'enfants des nids à poux.

Avant l'été qui s'annonce, je renonce définitivement à l'idée d'écrire et je fais comme tout le monde, je pense à la chaleur qui m'envahit, j'époussette mes robes légères après les avoir exhumées du placard. J'essaye tout simplement de ramasser les pots cassés. Dans ma tête résonne le mot « imposture » que je chasse à toute volée.

Dès juillet, j'observe la dictature « en marche » s'installer sur son trône, sans jacqueries, plus vaillante que jamais. En parallèle, la violence, l'ensauvagement, les mutilations de chevaux sont devenus les nouvelles formes de décompensations de nos concitoyens. Les cartes sont redistribuées, l'ordre du monde se fait par le haut et je le vois toujours vu d'en bas, en essayant d'éviter les postillons dévastateurs de nos destructeurs qui nous plombent comme des pavés.

Pour couronner le tout, j'ai droit à un « confinement bis » avec une entorse au genou très douloureuse avec laquelle je compose difficilement. Mes résolutions et promesses se laissent envahir par ce contretemps qui prend un temps fou et dont je ne respecte pas le temps de repos.

Syndrome aigu de la page blanche jusqu'à ce mercredi 23 septembre 2020, où je roule tranquillement dans ma voiture, direction le kiné. Cette seconde, mon « effet papillon » qui m'impose à présent d'écrire cette suite, un journal bihebdomadaire (puis hebdomadaire, car les choses ne vont pas se passer comme prévu, vous vous en doutez bien) plutôt que journalier. Puisqu'il me faut respirer et faire la promotion du Tome 1. Un projet pour tenir jusqu'à notre libération, enfin, jusqu'à mon exil loin de tout ça. Bâti sur le même principe, ouvrant aussi la philosophie aux références littéraires, mythologiques, à nos chansons françaises aussi, qui sont comme des maximes à rêver. Pour un peu plus de liberté encore.

Ils veulent détruire nos rêves, nous mettre plus bas que terre. Il ne nous reste plus qu'à rêver sans qu'ils le voient, une communauté « orwellienne » de rêveurs parallèles, les résistants des rêves.

Si cela vous rappelle quelque chose, c'est que vous êtes sur la bonne voie.

Septembre

Le temps a effacé mon appréhension de la rentrée des classes pour laisser la place à l'été indien qui revient chaque année dans notre belle région du Midi.

Lorsque le monde déserte pour repartir au combat du labeur, je contemple ce front vide de toute sa marmaille, absorbant les derniers rayons du soleil que ces pilleurs étrangers auront bien voulu me laisser.

Mon septembre, j'ai appris à l'aimer. Il a su m'apprivoiser de son plus beau ramage. Je l'ai vu s'effondrer souvent. Démembré à jamais de ses tours jumelles, il lui manque aussi les trois lettres AZF, Lubrizol et tant d'épisodes cévenols.

Un mois sans répit dans lequel je grappille, je rassemble, je me fais fourmi pour préparer l'hibernation, tout en restant la cigale dépourvue de provisions.

« Chaque civilisation a les ordures qu'elle mérite. »

Georges Duhamel, écrivain du 20ᵉ siècle, est engagé volontaire pendant la Première Guerre mondiale, puis devient président de l'Alliance française. Son sens de l'honneur du temps d'avant marque sa ligne de conduite, ses grands voyages et son ouverture sur le monde.

L'annonce de la « petite Vérole » assène un uppercut dans ma fourmilière neuronale. Mon amygdale s'emballe furieusement, forçant mon hippocampe à jouer les modérateurs tant bien que mal. De ce cerveau littéralement explosé, j'en reste pantelante jusqu'au soir. Et depuis, je colmate sa béance.

Fermeture complète des salles de sport et des restaurants à 22 h. Sans compter les représailles à l'encontre de Marseille ! Quelle idée saugrenue de battre le PSG au Parc des Princes ! Alors ça y est, ça recommence ! Tu déclares la guerre, petite vermine !

Pourtant, le 23 septembre est un jour optimiste. Celui, dit-on, où l'on réunit le plus de naissances dans l'année. Un jour un peu fou de mon point de vue. Comment peut-on conserver un instinct de procréation intact dans ce monde ? Comment celui-ci ne peut-il pas être totalement aseptisé dans la projection de ce futur incertain ? Je traque d'un regard ébahi ces femmes, ces couples qui partent à l'étranger, la fleur au fusil, avec ce courage d'un autre temps, comme un instinct de survie, pour trouver un moyen d'engendrer à tout prix. GPA, PMA, toutes ces nouvelles dispositions, je les respecte, accepte, comprends…

Mais d'aussi loin, je m'y tiens à distance, comme de toute forme de religion.

En contrepartie, les avortements sont à la hausse, cela veut bien dire que d'autres perçoivent cette angoisse ou peut-être ne s'agit-il que d'égoïsme exacerbé par ce monde consumériste ou d'inclinaison écologique comme les GINKS (Green Inclination No Kids). Quelle que soit la motivation…

C'est ainsi qu'en ce jour, le jour de la vie, mon cerveau a vrillé, mais a compris.

Le déclin de la civilisation, celui auquel j'avais cru pendant ces quelques semaines pouvoir échapper, que j'avais commencé à combattre gentiment par de petits mécanismes de défense, j'allais devoir l'affronter, j'allais en être le témoin, j'allais en être…

Et dans très peu de temps. Dans ma force de l'âge, avant d'avoir tout dit, avant d'avoir tout fait, avant d'avoir tout donné, avec un corps et un cerveau en état de comprendre. J'allais voir la fin.

Je n'avais jamais émis l'hypothèse que j'assisterais à notre apothéose.

Je savais les sommets atteints depuis longtemps.

Je savais le déclin en route.

Je savais la descente inexorablement plus rapide que la montée.

Mais je pensais passer à travers les gouttes en experte que je suis.

Je pensais que la marge était grande.

Je pensais que ce ne serait jamais mon tour, qu'une mort naturelle me sauverait de l'enfer.

Je m'étais faite à l'idée que ça allait tenir comme ça. Les petites alertes à la bombe par-ci par-là, les mini manifestations que l'on allume comme des feux de paille. Rien de bien méchant, rien qui vaille la peine que je déverse mes idées une nouvelle fois. Rien qui vaille la peine d'en faire des tonnes.

Cet éclair de lucidité est donc arrivé à point nommé, sans crier gare. Je ne saurais dire sur quelle fréquence radio j'ai entendu notre ministre de la Santé déblatérer son improbable annonce... Qu'importe le flacon...

Je me suis sentie encore plus seule qu'à l'accoutumée, dans ma petite voiture violette semblable à un Dragibus déformé par les coups de la vie, par mes maladresses quotidiennes, par mes inaptitudes flagrantes. Elle me ressemble un peu elle aussi, malmenée, abîmée, toujours vivante, survoltée la plupart du temps, peinant dans les côtes, mais avec un charme inexplicable !

Toutes mes astuces de préservation, mes murailles de protection, mes fines anticipations, celles que j'ai soigneusement planifiées, c'est donc « nothing », « nothing compared to the big bang » qui va nous tomber dessus. À présent, il faut juste lui expliquer, à mon cerveau de « zèbre » dévasté par la vie qui ne veut jamais s'arrêter de penser, qu'il tâche seulement de profiter de cette surcapacité inutile... Car même ceux qui pensent, soi-disant pour quelque chose, sont sur la sellette.

« Ce qu'il y a de terrible dans le fait de vieillir,
ce n'est pas d'être vieux, mais de rester jeune. »

Oscar Wilde est un homme de lettres irlandais du 19e siècle, mais également critique d'art. Dandy, il est connu pour ses tenues extravagantes. Emprisonné pour son homosexualité à la suite d'un procès où il est ruiné, il s'exile en France. Il meurt à l'âge de 46 ans, dans la détresse et la maladie.

Je pourrais vous conter le confinement de ce corps qui me lâche et m'affronte…

Je pourrais vous expliquer que plus j'essaye de le mater, plus la douleur s'infiltre dans mes ligaments.

Je pourrais vous confier qu'à chaque fois qu'il m'arrive quelque chose de négatif, je me demande si ce n'est pas une punition. Je cherche alors dans une liste de faits mémorisés des choses que j'ai pu dire ou faire qui m'amènent potentiellement à cette situation. Schéma familial ancré, ma mère pense qu'elle paye dans cette vie ses méfaits d'une autre vie. Mais ça, c'est une autre histoire, dans une vie prochaine.

Je pourrais vous raconter que mon kiné, Martin, ne me supporte plus, lui que j'ai soupçonné un temps de m'adorer un peu… Je l'énerve, je suis en boucle, je bousille le travail de « Monsieur », paraît-il ! J'imagine que sous son masque, il se dit « quelle chieuse, celle-là » ! Oui, je suis chieuse. Oui, j'ai bousillé la rééducation, d'ailleurs tu sauras, cher Kiné, que j'ai porté mon atèle deux heures et demie en tout et pour tout, que j'ai couru pour la première fois à J+5 après cette chute de paddle ridicule, que j'ai fait du mur et ainsi exercé mon sport de pivot favori, que j'ai poussé l'extension de ma jambe jusqu'aux larmes, chaque jour qui passe ! Et qu'en effet, tout cela n'a servi strictement à rien d'autre qu'aggraver cette gangrène « monumentalement » dérangeante ! Donc oui, ô Kiné, tu avais raison, si j'avais suivi tous tes conseils, aujourd'hui, sans doute, je remarcherais normalement. Et je ne viendrais plus bousiller ton travail !

Je pourrais vous raconter que désobéissante, je le suis et le serai jusqu'au bout. Même à l'Ehpad ou sous le pont, surtout à l'Ehpad où je piquerai du vin rouge à mon voisin qui me fera du « gringue », parce que, oui, j'espère secrètement que les hommes m'aimeront toujours. Et je dirai à la cantinière que je n'ai pas eu de dessert, lui que j'aurai caché de mes mains tremblotantes dans mon soutien-gorge de grand-mère, dont la mission sera de ne pas faire craquer les tomates séchées que j'aurai en guise de poitrine. Oui, je serai cette vielle qui mélangera les chaussures de ses voisins, le sel et le poivre à table, qui cachera la télécommande, qui emmerdera son monde ! Oui, je serai cette vieille petite fille, je l'assume et j'en ris d'avance !

Enfin bref, avec des « *je pourrais* », on refait le monde.

« Perséphone, adieu Famine, bonjour Abondance,
jamais sans ma fille, la partition en quatre temps. »

Dans la mythologie grecque, Hadès, le Dieu des enfers, enlève Perséphone, la fille de Déméter, Déesse de l'agriculture et des moissons. Perséphone est libérée grâce à la ténacité de sa mère, mais doit retourner la moitié de l'année aux enfers avec Hadès, selon la volonté des Dieux. Déméter, joyeuse lorsqu'elle retrouve sa fille, rend fertile la nature, donne des arbres aux fleurs, tandis que Perséphone fait éclater sa joie et amène le soleil aux vivants. Avant de retourner à la tristesse de l'enfer, de l'automne et de l'hiver. Les saisons sont nées en même temps que sa Déesse.

L'automne est là sans crier gare. Mes pieds sont gelés. Je ne suis pas prête, il est arrivé si vite, il a bousculé l'été, l'a sorti du ring par KO. L'été, faible saison, douce saison, n'a pour ainsi dire même pas combattu. Peut-être reviendra-t-il en catimini, pour quelques heures de bonheur. À moins que Perséphone ne soit déjà recluse aux enfers pour son hibernation annuelle.

C'est donc le temps feuillu qui s'installe tranquillement, sans même marquer son territoire ; les pétales des arbres sont toujours reliés aux branches, avec parcimonie. Néanmoins, quelques feuilles bâtardes jonchent déjà le sol, certaines voltigent en attendant de se décrocher, de rouiller pour viser l'or des yeux, aussi instables qu'une dent de lait qui bouge. Le ciel bleu nous invite à sortir. Le paysage n'a pas bougé d'un iota.

Mais une fois dehors, le froid, mon ennemi juré, s'installe dans les pores, il traverse le masque, vient siffler dans les narines. Et nous sommes condamnés à l'hiver, sans pouvoir voyager.

En guise de carotte plantée sur un bonhomme de neige – un néologisme d'expression signifiant d'un côté « la cerise sur le gâteau » et de l'autre, les fameuses « carottes sont cuites » (comprend qui veut) – la Réunion, la Martinique et la Guadeloupe sont en train de mettre en place des mesures drastiques au regard des voyageurs. Madagascar n'ouvre pas comme prévu ! Nous sommes foutus !

Et Véran, « le véreux » comme dirait Bigard (décidément, je le cite dans tous mes livres celui-là), n'en démord pas, il veut nous faire plier, nous contraindre. Lui et sa belle – qui n'a que son physique pour faire rêver dans les chaumières – ceux-là veulent nous anéantir ! Pourtant des inconnus, quelques mois en arrière, des quidams un tant soit peu populaires. Y a-t-il d'autres personnes qui vont sortir ainsi du chapeau ?

« Jean Pastèque », le maître de la déconfiture et de la « reconfiture », lui aussi, belle trouvaille, choisi pour faire moins d'ombre au Précieux que son prédécesseur…

Mais qui sont tous ces gens, d'où sortent-ils, ces préposés à la terreur ? S'il y a des écoles coraniques clandestines, il y a visiblement des écoles officielles de lavage de cerveau, où l'on formate à détruire. L'école, mon bon Charlemagne n'est plus…

Octobre

Octobre, à peine est-il là que l'on entrevoit l'hiver sous nos pieds. Alors on se souvient que les moutons tricotent la laine, bien calés dans le troupeau.

Le mois des « Balance », ce signe astrologique influencé par la planète Vénus comme l'est le mien. Il faut savoir que j'aime beaucoup les hommes « Balance », même si je ne crois en rien à cette pseudoscience que je définirais comme un effet barnum à grande échelle.

Un mois mélancolique où la région du Montana vient toujours fleurir mes souvenirs. Je retrouve alors ces symbioses de couleurs d'arbres, que j'ai aimées autant que la vie sous-marine, dans ce laps de « hors temps », avant qu'ils ne soient dénudés puis engloutis par la neige. Ces nuances de rouge, de pourpre, d'ocre, de jaune, ces mélanges dont la nature se pare pour nos yeux trichromatiques, qu'elle brandit comme un bouclier contre la haine, qu'elle duplique aussi sur les éponges des coraux. Comme un tatouage éphémère, pour retrouver cette identité outragée, pire, blasphémée par les humains.

Je me souviens aussi du « big sky Montana », nom donné à ce ciel parsemé d'étoiles. Lorsque j'ai découvert pour la première fois la joie des feux de camp, au clair de lune, j'ai ressenti l'ambiance de « la maison bleue », chantée merveilleusement par Maxime le Forestier. J'y ai rencontré ce « Tom à la guitare », ce « Phil à la Kena », mais « sans la nuit noire ». Je me souviens du goût des Chamallows et du maïs grillé qui colle aux dents, le sucre qui susurre au sel qui lui répond en grésillant sur les papilles. Mes yeux écarquillés dévorent ces étoiles irradiantes, éveillant un sentiment d'absolu lié au contraste entre l'infinité de l'univers et l'éphémérité de notre existence. Dans ces moments rares où les énergies vibrantes et vibratoires se déploient en nous, nous donnent à ressentir notre « savoir-être » dans une humanité à l'unisson.

Puis, je visualise cette rentrée à l'université, dans ce campus aussi démesuré qu'une ville en plein essor, les oies sauvages qui m'accompagnent jusqu'à la bonne porte, les élèves en tongs malgré des températures déjà insupportables. Je pense alors à la gentillesse des Américains. Mais le manque de profondeur de leurs amitiés me fait cependant aimer viscéralement notre France. Et ses Français…

Pas cette soi-disant bande d'indisciplinés décrite par le gouvernement dans l'unique but de les culpabiliser et les diviser entre eux. Je préfère plutôt ces irréductibles Gaulois qui ont sans doute malheureusement succombé à la zone de confort du néolibéralisme, mais dont on « chatouille », « gratouille » et « donne des idées » à l'esprit rebelle et combatif. Un mal pour un bien en quelque sorte… Annie, toi qui es partie le mois dernier, ne sois pas leur « bonne » là-haut, surtout amuse-toi ! Et merci d'avoir été.

> *« Le sport consiste à déléguer au corps quelques-unes des vertus les plus fortes de l'âme : l'énergie, l'audace, la patience. C'est le contraire de la maladie. »*

Jean Giraudoux, écrivain et diplomate français, grand sportif, notamment en 110 m haies, allie sa passion pour le sport et les voyages, montrant à cette époque codifiée que l'on peut aussi bien avoir « la tête et les jambes ». Auteur notamment de *L'Apollon de Bellac*, c'est un grand maître dont on ne compte plus les pièces de théâtre. *Ondine* est ma préférée, pour sa force évocatrice et poétique, dans cette histoire d'amour empreinte d'absolu que j'ai lue très tôt, confortant ainsi ma vision de l'amour à la vie à la mort. Ondine fait partie de ces femmes jamais anodines, j'aime à penser que j'ai su me construire avec un petit quelque chose d'elle.

Raphaël, le gérant de ma salle de sport, a résisté quelques jours en proclamant l'ouverture de celle-ci aux adhérents, malgré l'arrêté préfectoral. Puis finalement, il a renoncé hier matin, annonçant la fermeture imminente. Depuis, il enchaîne les pétitions sur les réseaux sociaux, relaye des articles sur le bien-fondé du sport sur la santé et choisit avec soin dans ce flot qui pullule les meilleures caricatures de « Manu ». Je l'imagine taper rageusement sur l'ordinateur de ses bras surgonflés par la musculation.

La rumeur enfle concernant son abdication, lui qui semble aussi tellement révolté ! Il paraît qu'ils se sont pointés à trois voitures (chez Raphaël) pour brandir l'interdiction. Ils, ce sont des agents de la police municipale grand-mottoise, toujours là où on les attend et peu enclins à débarrasser la ville des petits voyous qui la sillonnent, comme les voleurs de vélos, par exemple.

Moi, j'en suis à ma troisième disparition, et je suis loin du podium des records, à entendre les déboires de mes compatriotes. Le gang des petites reines a sonné mon glas, LGM (La Grande-Motte) à pied !

Bref, la version policière relayée n'est qu'un premier son de cloche, celui déversé juste après l'incident. En effet, ce matin, un habitué de ces lieux de débordement de vigueur (comprenez transpiration – je veux parler de la salle de Raphaël), rencontré au hasard du rayon laitier d'un supermarché, s'empresse de me conter l'anecdote revisitée de quelques heures.

Il ne s'agit donc plus de trois voitures, mais de six Jeeps banalisées d'où sont sorties des armoires à glace en puissance, des mercenaires (sûrement de la Légion étrangère) avec des pectoraux aussi bombés que les siens, qu'il s'empresse de me faire toucher de ma main libre pendant que mon autre main réchauffe involontairement les pots de yaourt au lait de coco dont je salive déjà l'engloutissement proche, et contre lesquels les fameux atouts du conteur, deux brins mythomane, se retrouvent vaincus d'avance. Mieux vaut qu'il l'ignore, la santé mentale est suffisamment fragilisée ces temps-ci…

En baissant la voix, sillonnant du regard d'éventuels espions déguisés en petits retraités affairés à leurs commissions (hors-saison, la Grande-Motte, c'est un village de pères et mères Noël aux cheveux enneigés), il m'explique que les fameux légionnaires appartiendraient à un groupe de forces de l'ordre non identifié (oui, car il sait tout, mon fabuliste) ! Ou presque… Il est dans les petits papiers du gouvernement !

Il continue son discours avec véhémence, pendant que je remets avec amertume, aigreur, acidité – enfin, ce petit goût détestable dans la bouche – mes yaourts à la coco dans le rayon frais, les lorgnant du regard pour qu'ils ne s'échappent pas. Oui, je veux bien laisser le papier toilette à quiconque souhaite faire du stock, mais personne ne me prendra mes yaourts aujourd'hui !

Ma primitive bassesse me fait de la peine, mais il paraît, dixit ma psychologue Silvia et son accent hispanique coloré, que je dois faire preuve d'indulgence envers ma personne, devenir une mère bienveillante à mon égard… Alors certes, je peux compartimenter et dissocier facilement, mais reste à savoir s'il m'est possible d'endosser ce rôle si étranger.

J'ai perdu un tant soit peu le fil de la conversation à force d'admirer et d'intellectualiser tous ces parfums de fruits noyés dans du lait… C'est tellement rassurant, le lait ! J'ai une grande histoire d'amour avec le lait. Ça y est, je repars dans mes pensées et me rends compte que l'autre bougre débite encore « comme la mamelle d'une vache qui penserait qu'elle pissouille ».

« Y a-t-il des yaourts au gland de chêne, que je puisse lui en proposer ? »

« Anne-Sophie, reviens dans la conversation, s'il te plaît » !

J'apprends donc que les spécimens en question, ces agents secrets d'un groupuscule d'État, ont piégé les membres présents dans la salle de sport, les empêchant de sortir. Certains ont tenté de filer par-derrière ! « Ah oui, par-derrière, j'ai déjà utilisé cette sortie pour échapper à des gros "relous" en tous genres. Manque de chance, il n'y a pas de porte spéciale dans ce supermarché, c'est bien ma veine cette déveine. »

« Mais bon sang, ce qu'il parle avec ses mains ! Que c'est énervant ! Je vais lui faire porter mes courses, ça l'occupera ! J'ai l'impression qu'il va me mettre une gifle avec ses paluches calleuses ! »

Finalement, j'arrive à m'éclipser en prétextant un rendez-vous chez le kiné ; décidément, celui-là, je le refile à toutes les sauces ! Je prends congé, avec double ration de yaourts, pour me récompenser de ma politesse exemplaire qui m'est d'une difficulté extrême.

« Quelle scène de liesse cela a dû être quand même ! »

Maintenant que j'ai retrouvé ma bulle, je ris intérieurement devant cette démonstration vivante du « téléphone arabe » où l'histoire est molestée, exagérée, triturée, balafrée, avant d'être resservie par ce personnage qui a, il faut l'avouer, raté sa vocation d'acteur.

Je me demande soudain s'il est toujours possible d'utiliser cette expression, « téléphone arabe », dans notre société, qui concentre l'humour noir à la pelle, mais n'assume plus grand-chose. Je transpose cette interrogation soudaine à l'exemple des *Dix petits nègres*, renommé *Ils étaient dix* sous prétexte de discrimination, ou je ne sais quoi….

Suis-je moi aussi en train de faire de la discrimination, en catimini, dans la queue de la caisse du supermarché, en essayant tant bien que mal de respecter le mètre de distance requis avec mon voisin de devant dont j'ai surpris l'œillade inquisitrice ? Ce n'est pas tant son regard qui me gêne que la crainte enflammée de mes réactions scabreuses. À fleur de peau, très vive sur ces sujets, je préfère protéger les autres de ma capacité de déboulonnage. Une gifle sèche, cinglante, est si vite partie… Cette gifle que je n'ai pas reçue tout à l'heure, mais que je n'aurai pas de mal à transmettre, est-ce qu'on peut appeler ça le « téléphone arabe » aussi ?

À propos, si « téléphone arabe » ne se dit plus, alors je vous demanderai de réfléchir prestement à ma place à une autre expression, car « Cancel culture » ou pas, l'avenir de mon goûter est en jeu, et mes yaourts, c'est Fukushima avant explosion !

« Oh je cours tout seul, je cours et je me sens toujours tout seul. »

William Sheller est un artiste de la musique, tout aussi bien capable de chanter que de composer, y compris des pièces pour orchestre. Tourné vers les autres, il aide le chanteur Damien Saez à se faire connaître du grand public. J'aime particulièrement sa chanson *Photo souvenir*. Qui sait si un jour il ne nous restera plus que des chansons de voyages pour rêver d'ailleurs.

Si nos ancêtres, nos morts, nos fantômes, ou que sais-je encore, nous observent – on ne sait jamais, après tout – ils doivent prendre du bon temps, en spectateurs dépassés par la tournure actuelle ! Le monde n'a jamais à ce point perdu les pédales ! Quant à moi, à défaut de salle de sport, j'essaye de me rabattre sur le tennis, mais là aussi, les courts couverts sont fermés ! Enfin, pas aux mineurs, eux ont le droit de jouer. Et même si je suis « à peine » majeure (méthode Coué), le GIGN de Raphaël me repèrerait vite et viendrait me menotter (finalement, un « *mâle* » pour un bien) ?

Seule devant cette nouvelle privation (cela me fait penser que je ne sais plus à quoi désobéir, tout est interdit), je reste extrêmement concentrée, les yeux fermés, à connecter mes neurones à la plus basse fréquence possible, jamais atteinte jusqu'à ce jour. Un défi à la hauteur de ce gouvernement trié sur le volet ! Le nivellement par le bas. Afin de démêler cette étrange logique !

Impossible ! Je dois me rendre à l'évidence, c'est trop subtil ! Pourtant, je me démène, je ralentis les connexions, je ferme les circuits, je fais tourner le moulin de l'empathie à l'envers ! Aucun résultat probant ne sort de ma machine graissée à l'engourdissement ! « Désolée, "Manu", le cœur y est, je t'assure ! »

Il me reste à conclure sans comprendre qu'avec mes deux fois dix-huit ans passés, je ne suis pas autorisée à pratiquer mon sport ! Dehors, les épines de pins jonchent le revêtement des courts, les rendant glissants et impraticables, sans compter le vent qui fait balayer dans le vide comme on écume l'eau de la mer !

Je vais donc miser sur mon bon vieux footing d'antan. Surtout qu'accessoirement, le kiné, conforté par le chirurgien orthopédique, m'a interdit la pratique du tennis ! Oui, en effet, il est parfois des adultes qui se complaisent à persévérer dans leurs doctrines cabochardes et ne récoltent que le plaisir de l'opiniâtreté, cette nostalgie d'un reliquat d'enfant trop têtu enfoui à jamais dans un devenir.

En revanche, une question me taraude, ou plutôt je dirais me reste en travers du masque. Peut-on courir sans lui, justement ? Au royaume de Paris, l'arrêté municipal a bien été modifié après quelques geignements protestataires du corps médical et sportif. Qu'en est-il chez les gueux ? Il ne me semble pas avoir eu vent de cette modalité.

Moi qui suis obligée d'effectuer ma rééducation chez mon kiné (encore lui, vous allez finir par croire que je suis amoureuse, mais non, je veux juste retrouver mon genou d'avant) en portant ce morceau de tissu pas très écolo, les séances de sport sont pour le moins irrespirables ! Martin est bien content de ne point m'entendre râler pendant que je cherche mon air en m'étouffant avec celui que je rejette !

Il serait d'ailleurs intéressant de recenser les personnes qui développent des problèmes respiratoires suite au port du masque (moi j'dis ça, j'dis rien…) afin de les mettre dans la balance des dommages collatéraux du Covid (j'le dis quand même pour ceux qui ne suivent pas). Il est quand même paru discrètement qu'on avait refilé à l'Éducation nationale des masques toxiques.

De mon côté, ce n'est pas la première fois que je m'étouffe toute seule, mais en général, c'est mon cerveau qui me fatigue, m'empoisonne, me bouffe l'existence ! Si maintenant le corps s'en mêle, où va-t-on ?

Il paraît également que le masque donnerait de l'acné, ce qui me fait un tant soit peu sourire. J'en ai depuis l'âge de neuf ans, on m'appelait entre autres « Anne-Saucisse la calculette » déjà en primaire et ce n'était pas pour mes aptitudes à manier les chiffres, bien que je n'eusse rien à envier à mes boutons de ce côté-là en termes de proéminence ! Je me débats encore avec ce symptôme qui n'en finit plus de me raccrocher à cette saleté d'adolescence, alors je peux bien partager mes petites astuces de (presque) quadra acnéique avec vous, les beaux grains de peau qui n'y entendent rien ! Mon expérience, mes échecs, mes combats face à ces rescapés de tous les cousins des gels hydroalcooliques, badigeonnés vigoureusement sur mon visage, devenu finalement terre conquise, cosy cocon. Et puisque rien ne semble les décider à migrer ailleurs, j'ai déserté du miroir.

Comme j'aurais aimé pouvoir mesurer l'étendue de mon syndrome abandonnique sur ce sujet, aussi insignifiant soit-il, afin de mieux le défier. Mon sentiment d'abandon est si puissant que je peux tout à fait imaginer que la disparition définitive de ces fameux boutons déclenche un manque, une absence douloureuse, un sentiment de vide profond ! Pourquoi pas une réaction allergique cutanée doublée d'une poussée intempestive de pustules encore plus prolifiques que les petits bourgeons d'avant ! Une baleine à bosse qui se mord la caudale, en quelque sorte (je ne fais que contextualiser le serpent qui se mord la queue, j'espère que vous suivez) ! Oui, je sais, cela va un peu loin ! Mais si vous saviez...

Revenons à notre course de moutons, oui, mais toujours avec cette petite crainte de tomber sur un récalcitrant en uniforme à la bedaine hautement entraînée, n'ayant aucune sympathie pour les joggers, qui ne font que lui rappeler sa propre débandade au sens propre comme au figuré. Cher Covid, tu nous révèles à nous-mêmes chaque jour de plus aux jours de moins.

Oui, je préfère garder « Covid » au masculin, je trouve qu'il sonne mieux, rien de personnel contre nos amis les hommes... Même s'il est inutile de rappeler que derrière chaque catastrophe se cache un chromosome Y.

Quoi qu'il en soit, nous sommes en alerte rouge, en attente d'une sanction encore plus répressive, l'alerte écarlate, celle pour les cancres, les citoyens récalcitrants, les égoïstes, les irresponsables, les responsables...

Comme moyen mnémotechnique, le « rouge » permet encore à la population de respirer, alors que « l'écarlate », c'est quand celle-ci se retrouve au bord de l'asphyxie. Finalement, c'est bien toutes ces couleurs, ça fait travailler la synesthésie ! Puis cela fait plaisir à « Jean Pastèque » qui aime beaucoup le rouge, ses dérivés, ses nuances, ses dégradés, avec ses « mesures saignantes » ! Si seulement on avait un « Dexter » sévissant en série à l'Élysée !

*« Pour qu'on ne puisse abuser du pouvoir, il faut que
par la disposition des choses, le pouvoir arrête le pouvoir. »*

Montesquieu, philosophe des Lumières, est un penseur de l'organisation politique. Suivant les théories de John Locke, il développe une réflexion sur l'équilibre et l'indépendance des trois pouvoirs « exécutif, législatif et judiciaire » dans une démocratie. Ces derniers, devenus des principes fondamentaux inscrits dans la Déclaration des droits de l'homme et du citoyen de 1789, sont actuellement remis en question.

Qu'il est loin le temps où l'œuvre de « Barbier l'Aîné » avait un sens. Maintenant, nos droits se meurent sur leur guirlande de laurier. Les trois pouvoirs n'existent plus que sur le papier, ils sont une seule entité, dirigés par une élite commune ! Conflits d'intérêts en masse, arrangements de pouvoir, soutien en réseaux, principe des vases communicants ! On revient en arrière, tout en promulguant le progressisme à tout va.

Montpellier et ses alentours viennent de passer en zone écarlate ! Mauvais élèves, ces Héraultais ! Dès lors, la réaction typique et contestataire digne d'un enfant puni, mais néanmoins bien dressé, ne se fait pas attendre. Si prévisible, elle consiste à se placer tour à tour en victime puis en bourreau, les deux étant dans la vie courante tout à fait compatibles. En définitive, la faute aux touristes négligents de l'été, ces migrants clandestins qui ont ramené leurs microbes dans notre belle région. Les absents ont toujours tort ! Et ceux qui volent le soleil et collent leurs serviettes trop près sur les plages sont les coupables tout désignés. Mauvaise foi ou l'art d'infantiliser une population…

Sachez que j'ai parfois accès à des informations directement coordonnées par les hôpitaux de la région, que je recoupe avec mes nombreuses lectures, piochées çà et là où mon regard veut bien s'aventurer.

Puisque j'aime à comprendre, sans présager ni interpréter à l'aveugle.

Puisque je ne peux jamais rien dicter à mon cerveau, je le laisse aller à sa guise. Comme un joystick accro à un simulateur d'avion, souple et infatigable, qui se joue de mes sens jusque dans des contrées inconnues.

Si le doute est mon frein permanent pour avancer, s'il est la résistance à la confiance, il me pousse par ailleurs à ne jamais rien prendre pour argent comptant. Un revers de la médaille bien utile en ces temps où la traîtrise et la manipulation ventilent l'air ambiant.

Les médias avancent des chiffres qui n'ont ni queue ni tête ! Les articles accrocheurs, putaclic (je n'aime pas ce mot, mais il faut rester dans le monde) sont la base de notre information.

Si l'on se donne la peine de creuser, il est alors facile de comprendre qu'il n'y a pas d'augmentation des cas de réanimation. Simplement un principe de précaution du stade 2 du plan blanc.

Pourquoi pas après tout, il paraît tout à fait raisonnable d'anticiper la saturation puisque rien n'a été entrepris pour améliorer et soulager le service de santé public. Comme il paraît tout à fait justifiable de craindre pour la santé physique et psychique des soignants, tout juste revenus du front de la première vague, mais également de douter de leur énergie, de leur capacité à supporter la pression supplémentaire.

Et enfin, peut-on se risquer à parler de leur motivation ? Ont-ils tous envie d'y retourner ? N'auraient-ils pas le droit de renoncer ?

Mais alors, pourquoi ne pas dire la vérité ?

Pourquoi ne peut-on pas avouer de but en blanc aux gens qu'on les restreint, qu'on les enfermera bientôt parce qu'en France, pays déclassé au rang de pauvre, il n'y a que 5 000 lits disponibles en réanimation ? Oui, nous en avons fermé tant…

Et que notre voisin, l'Allemagne, premier de la classe tous sujets confondus, en a 25 000, pour une différence de seulement 15 millions d'habitants.

Tout simplement parce que si la France est un « nouveau pauvre », il faudrait qu'elle se conduise comme tel. Avec des dirigeants qui fraternisent avec la décence. Avec une politique de pays pauvre.

Quoi qu'il en soit, voici un problème de mathématiques à soulever à nos écoliers en manque de savoir, qui pourrait servir à toute la maisonnée. Une règle de trois fluide et explicite.

En admettant que le gouvernement ait à cœur notre liberté ou notre santé (ce que je ne crois pas un seul instant), mais restons focalisés sur cette conjecture dans l'énoncé du problème suivant :

Combien de lits de réanimation (avec appareillage et personnel adéquat) devrait-on compter en France pour être sur une base similaire à l'Allemagne ? Par extension, de combien de lits de réanimation devrait-on s'assurer pour faire face à l'hiver, pour que chacun puisse choisir de se risquer ou non à la liberté, de se risquer à la vie ?

Parce que la finalité est là : rendre leur vie d'avant aux gens, leur permettre de reprendre le contrôle de leurs loisirs, car même les pauvres ont théoriquement le droit à quelques distractions (jusqu'à quand ?)...

Comme se donner des rendez-vous, tisser des liens, tomber amoureux, rire, trinquer, reprendre espoir, nourrir ses proches, se nourrir, s'étreindre, rire encore.

En attendant des jours meilleurs, misons sur les « philomathématiques », utiles et pragmatiques, à enseigner aux enfants en même temps que leur esprit critique.

Il est vrai qu'actuellement, le seul enseignement pratique dont on les affuble, c'est l'idée qu'ils sont des vecteurs de transmission, des meurtriers présumés de leurs grands-parents ! À l'image de cette publicité télévisée gouvernementale où l'enfant embrasse sa grand-mère et « l'envoie » tout droit en réanimation.

A-t-on posé une seule fois la question aux grands-parents pour savoir ce qu'ils en pensaient ou estime-t-on déjà qu'ils ne sont plus en état de choisir leur destin ? L'infantilisation, c'est encore plus contagieux que le Covid...

Cette lobotomisation du cerveau de ces jeunes pousses donne lieu à des scènes qui pourraient, de l'extérieur, sembler cocasses, mais qui sont terrifiantes.

Ne sentez-vous pas que vos enfants vous échappent déjà ? Certes, cela ne date pas d'hier, mais l'écart s'est creusé, n'est-ce pas ? Ils vous reprochent à présent votre conduite frivole, votre manque de discipline, votre insoumission ! Rien de nouveau sous le soleil, Orwell mentionne déjà les enfants-espions et endoctrinés. Cible facile…

Parce qu'au fond, vous, « Personne » ne peut vous réinitialiser.

Vous, « Personne » ne peut vous ôter votre souvenir d'une jeunesse libre, sans servitude volontaire, comprenez téléphone portable, masque, etc…

Vous, « Personne » ne peut vous enlever ces 400 coups accomplis avec cette bande de copains, aux secrets jamais dévoilés (tant mieux, car les 400 coups d'avant ne seraient plus racontables aux générations actuelles) !

Vous, « Personne » ne vous dupera indéfiniment.

Car toute votre vie d'avant est votre résistance inconsciente, elle sert votre être.

Votre construction est votre forteresse contre l'inacceptable. Elle vient se dresser contre l'ennemi.

Bien sûr, vous ignorez cette forteresse qui vous entoure, car vous l'avez construite sans labeur, au fil des jours, caillou par caillou, tranquillement, sans savoir que les cailloux d'hier sont des pierres aujourd'hui, qu'elles se sont colmatées à force de s'imbriquer les unes sur les autres. Sans savoir que le vent les polirait, que le sable les jointerait.

Mais eux, c'est différent.

Vos enfants n'ont jamais construit de forteresse.

Eux, ce sont des éponges, dont on peut choisir la forme, ce sont des moulages de poterie avant cuisson, façonnables, malléables. Des œuvres en devenir auxquelles on peut donner la consistance voulue. Déjà fragiles, bercés aux écrans, à la passivité, à l'enrôlement de la lumière bleue.

Vous n'êtes plus en mesure de transmettre comme bon vous semble, et ce depuis longtemps. Votre influence et votre autorité ont subi un nouveau revers, votre rôle de parent se terre derrière cette nouvelle dispersion ! C'est la déroute, il faut battre en retraite ! Vous êtes trop distancés !

Ceux qui nous gouvernent (je ne parle pas de cette caste de marionnettes du gouvernement, entendons-nous bien) saisissent en ce moment l'opportunité pour sortir la grosse artillerie, pour se substituer à vous.

S'ils ne seront pas votre « Big Brother », croyez bien qu'ils seront le leur. Votre génération sera ainsi sauvée, mais pas les suivantes, elles seront dévorées, désossées telle une carcasse de gnou au milieu du Serengeti. Car ils ne sont dotés d'aucune limite morale.

C'est votre Solex pétaradant contre leur char Leclerc...

« *Cherchons cependant à découvrir, s'il est possible, comment s'est enracinée si profondément cette opiniâtre volonté de servir qui ferait croire qu'en effet, l'amour même de la liberté n'est pas naturel.* »

Étienne de la Boétie, écrivain français, est connu pour son amitié indéfectible avec Montaigne, décrite dans *Les essais*. Cette citation est tirée de son ouvrage *La servitude volontaire* qui explique l'inconditionnelle propension de l'être humain à accepter toute forme de soumission. Lui est un résistant dans l'âme qui refuse cette condition. Son message est le suivant : n'incriminons pas les gens de pouvoir, soyons aussi les responsables de notre sort. Sans soumission, pas de domination possible.

De tout temps, le monde a été sous hypnose. Aujourd'hui, si l'inquiétude grandit autour de moi, palpable, elle tend à me rassurer. Un réveil collectif semble en train de germer. Mais pour moi, comme vous le savez, il est trop tard.

Ce qui ne m'empêche pas d'aimer croiser des optimistes pour lesquels tout est encore réversible. Je les appelle les « bouffons modernes », mais j'ai une grande tendresse pour eux.

Et moi aussi je l'entends ce frémissement qui gronde.

Et moi aussi je frémis, je frissonne, je fourmille !

Les dernières fibres du ligament de vérité ont cicatrisé dans ma tête (en ce moment, je parle en fibres plutôt qu'en maillons, car je rêve amplement de mon entorse que je transpose partout),

alors je reconstitue le puzzle, j'arrose mon arborescence virtuelle (vous vous souvenez). Tout doucement.

Le résultat, un vieux séquoia géant dont on ne connaît pas le
passif, ou plutôt les passifs.

D'abord, le tronc, massif, dont l'écorce ressemble à des
couches de bananes séchées étalées les unes sur les autres, à tirer
comme des languettes… Tiré d'un ultime souvenir de mon bref
passage aux îles Marquises ! « Anne-Sophie, quand cesseras-tu
de ne penser qu'à manger » !

Puis reste à peaufiner les détails, dessiner les branches, mon-
tées comme des barreaux d'échelle, y rattacher les feuilles qui
s'ouvrent comme du blé vert.

Et enfin, délier les nuances de couleurs de l'ensemble, à
l'image de ces cépages divers et truculents bien de chez nous.

Je les vois ces cépages, ils descendent de cette Alsace au nec-
tar d'or et au goût fleuri, passent par le Ventoux ensoleillé et
long en bouche qui terminent dans les gris des sables de ma
mer. Ils longent en passant au gré des fleuves les coteaux d'une
Bourgogne charpentée gouleyante. Bifurquent en direction de
cette drôle de Drôme à la riche corbeille de fruits, passant tantôt
rive droite à la robe rubis de juliénas, tantôt rive gauche chargés
de tanins assombris de la syrah. Quelle descente abreuvée et
contrastée sous les caprices du soleil, la terre et l'eau.

Pourtant, tous ont gagné cette sombre profondeur du temps
qui passe et leur pleine générosité ! Qui donc a pu dire que toutes
les couleurs fondaient au soleil ?

Qu'il est séduisant mon arbre, n'est-ce pas ?

Et à consommer sans aucune modération.

« Je savais que le bien comme le mal est affaire de routine,
que le temporaire se prolonge ; que l'extérieur s'infiltre au-dedans,
et que le masque à la longue devient visage. »

Marguerite Yourcenar est une femme de lettres du 19ᵉ siècle. Bisexuelle, grande voyageuse, membre de l'Académie française, elle fait partie de ces femmes qui ont fait avancer la cause féminine.

20 h ! Couvre-feu !

Je n'ai pas saisi avant cette heure fatidique que « Manu » s'exprime ce soir. Tout du moins, cette information est restée en suspension, entre l'inconscience et la conscience, une nouvelle zone grise que j'ai créée, pour jeter les déchets. En ces temps improbables, le ménage et le rangement s'imposent !

Je me suis tellement habituée à « Manu », brasseur de vent et siffleur de coke, que je n'ai plus l'habitude qu'il décide de quoi que ce soit !

Mais finalement, le couvre-feu, ça lui ressemble bien… Et puis il a surpris un peu son monde, sauf ceux qui s'étaient abrutis de télé pendant les jours qui précédaient !

Les journalistes ont le don de mâcher le travail du président ! Leur tâche consiste à le faire passer pour un homme concerné, tolérant, conciliant !

Ses allocutions ont toujours des conclusions moins extrêmes que ce qui est prédit à l'avance par ses bienséants conseillers de communication.

Résultat, c'est le soulagement qui l'emporte sur toute autre émotion.

Pour les autres, ceux qui refusent que les médias entrent dans leur foyer, la minorité, advienne que pourra ! C'est le coup de massue qui prime, mais la réaction est saine.

Le couvre-feu, c'est l'évènement tendance par excellence pour « Manu » qui aime rester dans son lexique belliqueux !

Ce n'est pas tant qu'il fait preuve d'imagination, mais il doit sentir qu'il entre dans la cour des grands. Il lui faut juste revoir son look, avec une petite moustache adéquate, et il est à la porte de l'Histoire.

Qu'il doit être fier à bomber le torse ! Ne manque plus que la pose photo avec les jeunes délinquants torse nu ! Il en raffole de ces moments, « Manu » !

Nous, moins…

Je l'imagine mieux en fugitif planqué dans un bunker, sous l'Élysée, poursuivi par une horde de « fainéants », de « cyniques », de « Gaulois réfractaires », ces « extrêmes » qu'il déteste tant.

Il paraît qu'il vit des moments d'angoisse parfois, quand il va trop loin ! Un fonctionnement d'enfant qui ne se maîtrise pas…

On demande souvent aux gens l'objet qu'ils amèneraient avec eux sur une île déserte, on devrait demander à « Manu » en conférence de presse ce qu'il emporterait dans son bunker ! Ça jetterait un froid !

À sa décharge, notre président a vu ce qu'il pouvait faire de nous, pourquoi s'en priver !

Encore une fois, un fonctionnement d'enfant, il teste, il teste, jusqu'à la limite, voir jusqu'où il peut aller.

Ne t'inquiète pas, « Manu », tu peux encore aller très loin ! Vas-y, fonce ! Joue ! Puisque tu n'aimes pas suffisamment les femmes (voire pas du tout) pour t'en faire une occupation à part entière comme tes prédécesseurs, il ne te reste que ça…

Mais sache qu'il est peu probable que tu en sortes indemne, peu probable aussi que tu sois ce président à qui l'on pardonnera éternellement ses dérives.

Ce soir, on entre dans le dur, comme dans la deuxième partie d'un marathon !

La première, c'est la zone de confort, à l'image du confinement de mars, pour ceux qui se sont laissé berner par le rapport « bénéfices-risques » qu'on leur exhibait ! Le chômage partiel, la possibilité de garder les enfants à la maison, toutes ces mesures équivalentes à des friandises mises en avant au départ de la course ! Pour motiver les participants !

Maintenant, c'est la zone de souffrance, la zone rouge.

Les loisirs, c'est terminé ! Le travail continue, l'école est ouverte.

Les coureurs sont en route, sans possibilité de repli, le prochain ravitaillement, c'est pain rassis et eau !

Enfin, la troisième partie, la zone de soumission !

Cela se traduira de cette manière : dès que l'on nous rendra quelque chose, nous serons comme des petits canards affamés qui se précipiteront pour dire merci !

En oubliant qu'on nous a volé notre habitat naturel !

En oubliant que nous nourrissons la main qui nous mord !

En oubliant tout ce qu'on ne nous rendra jamais !

J'ai l'impression que ce confinement, c'est comme un contrat avec des astérisques écrits en tout petit, en bas de la page !

Beaucoup ne les ont pas vus et la plupart n'ont pas voulu les lire ! Et le délai de rétractation est passé ! Les conditions générales pour devenir esclave sont bel et bien signées et actées !

Ce qui est déplorable, c'est que même ceux qui n'ont pas voulu signer sont contraints par la force de la masse !

Oui, nous ne sommes plus des individus, nous sommes une masse, le collectif a pris le dessus, le nombre fait la loi.

Nous ne nous appartenons plus !

La seule vérité du discours de « Manu », froide et synthétique : « *On s'est habitué à être des individus libres* » !

Combien de Français ont baissé la tête à cet instant et dit « il a raison » ?

> *« On a été tétanisé par l'idée qu'on pouvait être intolérant*
> *et du coup nous avons toléré l'intolérable. »*

Élisabeth Badinter, philosophe française, se bat pour le droit des femmes. Elle est en désaccord avec un féminisme contemporain, nettement plus radical et frontal que le sien, qu'elle considère comme une guerre ouverte contre les hommes.

Samuel Paty est mort devant chez lui, décapité, tête posée au sol ! Froid, terrifiant, inhumain ! L'image a fait le tour des réseaux sociaux ! Mais les coulisses de ce drame sont autant de coups portés à notre humanité !

Depuis, c'est la déferlante d'éloges, de bien-pensance, de rappel à la liberté d'expression, des valeurs de la République ! Nos hommes politiques font le show !

Pourtant, tant que l'on confondra laxisme et tolérance, notre avenir sera pavé de drames à l'image de Samuel ! On ne peut pas répondre à la haine en tendant la joue.

Les Français sont démunis de valeurs à force d'avoir été bombardés de diktat. Et les autres ne sont plus français ou ne l'ont jamais été ! La preuve en est que Samuel s'est fait critiquer par les autres professeurs et était même en passe d'être sanctionné par sa rectrice.

Les gens ont perdu leur identité, leurs repères ! Ce n'est pas en un jour de deuil national qu'on remettra les pensées à neuf ! Les brebis galeuses de notre pays ont du pouvoir, des réseaux et une motivation dédiée à leur cause ! Ces faux Français n'aiment pas la France, les Français et encore moins les Françaises !

Il faut redonner des valeurs aux gens, il faut retrouver une identité à la française, il faut assumer ce que nous sommes !

Je ne veux pas voir de femmes voilées dans les rues, je ne veux pas voir de gens prier, je ne veux pas voir des enfants qui se bouchent les oreilles pour ne pas écouter de la musique !

Je ne veux pas qu'on endoctrine des gens dans mon pays, je ne veux pas qu'on soumette des femmes, je ne veux pas de cette France.

Parce que ce n'est pas celle dans laquelle j'ai grandi ! Je suis fière d'être dans un pays où la religion n'a pas pris le dessus sur les hommes, je suis fière d'être dans un pays où je peux théoriquement choisir ce en quoi je crois !

Je suis fière d'être dans un pays où on me propose des valeurs applicables sans religion aucune ! Une spiritualité laïque.

Je veux retrouver cette neutralité.

Je ne veux pas de signe de religion, quel qu'il soit, j'aimerais que tout le monde suive les lois de la différence et de la tolérance sans emmerder son voisin !

Il faut arrêter les discours de demi-mesure, il faut arrêter la tolérance à outrance qui devient de la lâcheté. Dans une entreprise, on parle de courage managérial, à vous les élus d'inventer un courage « political » en somme. Ou de laisser votre place. Il y a encore des gens qui veulent notre bien.

Il faut un code de conduite à respecter pour tendre vers la liberté ! Un leitmotiv dédié à la liberté ! La liberté, ça se travaille, la liberté, ça se gagne, au jour le jour ! Il faut être inflexible sur ces sujets !

Comme nous subissons irrémédiablement la pression de pays aux mœurs incompatibles avec les nôtres, mais avec lesquels nous avons des intérêts économiques, il va donc falloir choisir. Ou bien nous choisirons de nous délivrer, quitte à nous isoler économiquement parlant, diplomatiquement parlant. Ou bien nous continuerons de rester enserrés, comme nous le sommes, dans l'étau de la mondialisation, dilués dans un gouvernement bientôt planétaire...

Une France pauvre, souveraine, humaine et respectable ! Moi je dis : en avant...

« L'homme de masse, ainsi produit, doit être traité comme ce qu'il est : un veau, et il doit être surveillé comme doit l'être un troupeau. Tout ce qui permet d'endormir sa lucidité est bon socialement, ce qui menacerait de l'éveiller doit être ridiculisé, étouffé, combattu. »

Gunther Anders est un philosophe allemand du 20ᵉ siècle, marié à Hannah Arendt pendant quelques années. Son livre phare, *L'obsolescence de l'homme*, montre à quel point il a saisi les rouages de l'après-guerre et de ce qu'il adviendra de nous. Son étude complexe du cas « Adolph Heichmann », pilier de la solution finale, ses lettres ouvertes à son fils nous apportent un angle de vue acéré sur la machinerie nazie.

Je vous invite à visionner la publicité réalisée par Global Goals, chef-d'œuvre musical et visuel en passant ! « The pandemic is a portal, a gateway between one world and the next. »

Cette vidéo hypnotise, la voix est douce, elle nous berce d'illusions. J'avoue m'être imprégnée de sa mélodie envoûtante plusieurs fois pour m'endormir.

Je pactise avec l'ennemi à petite dose. Je m'en sers aussi pour prendre mes notes, me plonger dans un scénario. Je sens son pouvoir. Je détecte l'intelligence qu'il faut derrière cela pour créer une telle source d'espoir. J'envie cette capacité à fédérer. J'envie cette intelligence mise à profit.

À l'image d'une prophétie nouvelle. Car si les religions existent, c'est pour pallier l'inconnu, la peur de soi, la peur des autres. « *L'homme est un loup pour l'homme* », disait Hobbes. Effectivement, l'homme riche a changé de stratégie pour se débarrasser de l'homme pauvre, qu'il considère arriéré.

Si ma tête déraisonnait, je me laisserais emporter par ce flot de paroles, je les laisserais me prendre ma liberté, mon libre arbitre, je les laisserais m'enchaîner avec leurs promesses, je les laisserais voler mon être, je les laisserais me réduire à l'état d'esclave.

Juste pour ce petit moment de rêve qu'ils prétendent m'accorder. Juste pour me laisser bercer encore et encore.

Juste pour devenir l'enfant que je n'ai jamais été.

Mon esprit ne demande qu'à être attrapé par toutes ces chimères, embourbé dans toutes ces rêveries, badigeonné de toutes ces illusions.

Mon esprit c'est le genre à rêver au prince charmant quand on le laisse trop s'emballer. Viril, guerrier, courageux, aventurier, plein d'initiatives, capable de braver le monde juste pour sa belle, sachant néanmoins rester prévenant, galant, aux petits soins, pour ne pas dire aux petits caprices ! Cette juste proportion, bien avant de pouvoir en appliquer les dosages, peu d'hommes déjà la comprennent !

Cette idéalisation du prince charmant lui-même est la résultante d'une enfance sans homme ! Sans masculinité à disséquer dans le réel !

Rien qu'une autarcie intellectuelle pour fabriquer un idéal, ce prototype inclassable que toutes comédies américaines m'envient !

Je ne vous raconte pas la douche froide quand la réalité vous pète à la figure ! Je n'ai jamais pu m'y faire et je dois encore mettre en place un maximum de subterfuges pour faire croire à mon cerveau qu'un homme correspond à mes critères... Je le coache donc en même temps que l'homme en question !

Dans le fond, je suis une résistante farouche, car je suis une proie facile. Une proie qui hait le monde tel qu'il est, une proie qui a aussi envie de faire le tri, comme ces milliardaires sans scrupules ! Mais pas le même tri, bien sûr !

Je suis potentiellement ce type de filles capable du pire pour servir un gourou ! Vous savez, celle qui, embrigadée dans une secte d'écologie radicale pour sauver des petites bêtes à poils, est prête à saccager des laboratoires où on les maltraite et les torture au motif d'expérimentation ! *L'Armée des 12 singes* au pouvoir !

Quitte à laisser s'échapper des virus !

Oui oui, c'est bien moi !

Je suis de cette graine de militante en herbe, cette sauveteuse de singes et de petits rongeurs, cette amoureuse de la justice capable de se tromper de combat et pourtant de foncer dans le tas !

Il n'y a rien de plus extrémiste que les gens qui attendent d'être sauvés !

Heureusement, j'ai un cerveau extrêmement aguerri sur ces sujets !

Chiant même ! Paternaliste, très engagé, focalisé sur l'idée que je ne perde jamais pied !

Car il a très vite compris qu'il avait affaire à une pas douée ! De celles qu'on retrouve à la une de la rubrique des faits divers les plus sordides, de ces filles qui s'embarquent dans les galères...

Ce n'est plus « mon père ce héros », mais « mon cerveau ce rempart » ou « ciboulot garde-fou » !

Associé à ma soif de liberté, c'est un antidote naturel contre des personnes malfaisantes, une chloroquine non controversée, pourrait-on dire aujourd'hui.

Comme une mission qu'il s'est donnée lui-même !

Me protéger contre moi-même !

Ne jamais me laisser aux mains de chasseurs de filles fragiles.

J'ai compris cela très tôt !

Et j'ai suivi une route imprudente. Par excès de folie.

J'ai fait des rencontres très dangereuses, je ne m'y suis jamais laissé prendre.

Je suis de cette cible qui paraît à portée de main, mais qui s'éloigne dès qu'on se rapproche ! Un mirage, une oasis sans eau.

Les manipulateurs en tous genres m'adorent, sans méfiance aucune. Seulement, à leur grand dam, jamais ils ne parviennent, au grand jamais, à m'entraîner dans leur antre.

Mon cerveau rationalise tout en permanence, pour me réajuster sur tous les plans.

Suis-je alors, de par tous ces calculs, moins authentique, me direz-vous ?

C'est plus complexe que cela, me semble-t-il. Disons que ma part d'authenticité se joue dans l'instant.

Là où je suis toujours aussi dénuée de raison, spontanée, gaffeuse, gourde.

Là où je remplis mon rôle de diversion à la perfection pour faire baisser la garde.

Ensuite, tous les évènements sont rejoués, requalifiés, réinterprétés, réajustés, recyclés (les cinq R), afin de me donner une conclusion, une vue d'ensemble, des consignes, un après. Un Pierre Richard au féminin, avec un ange gardien surentraîné, tout sauf divin, juste cette alliance de connexions pour me maintenir à flot (Veber lui aussi toujours dans mes livres, ô rituel quand tu nous tiens) !

Mais revenons à nos diablotins de Global Goals dont je vous invite d'ailleurs à consulter la liste de joyeux lurons.

L'adulte est un pot durci dont les fêlures ne se réparent jamais ! Alors, faites comme moi, laissez-vous bercer par ce petit moment, laissez-vous tenter, mais réveillez-vous, et revenez dans notre réalité, puisque nous n'avons qu'elle et qu'elle est là, à nos pieds.

Ceux d'en haut aux manettes, les grands sponsors de Global Goals, eux visent l'immortalité. Eux visent l'univers !

« La servitude est une marque de faveur et c'est même une grâce, qui permet aux vaincus de surmonter les causes de leur chute, si les vainqueurs

sont assez imprudents pour les instruire. » Si cette phrase d'Albert Ca-
raco comporte une once de vérité, pour ces gens d'en haut qui
ne nous instruiront évidemment pas, nous sommes, à n'en pas
douter, leurs « sans-dents », leurs inutiles, des bouches à nourrir
en plus dans une terre qui nous tolère.

Les mêmes castes sous d'autres noms (c'est mieux), l'argent
et le pouvoir en unique ligne de mire.

Steve Jobs était l'un d'entre eux, la maladie l'a rattrapé, la
mort l'a fauché dans son repentir. Enfin un moment d'équité.

« Rien d'audacieux n'existe sans la désobéissance à des règles. »

Jean Cocteau, homme de théâtre et poète du 20ᵉ siècle, membre de l'Académie française, côtoie le monde artistique de l'époque sous tous ses aspects. Il forme un couple mythique avec l'acteur Jean Marais. Son rôle neutre et passif pendant la Seconde Guerre mondiale lui vaut une tache indélébile sur l'œuvre de sa vie. C'est un homme d'excès aux prises avec la dépendance à l'opium tout au long de son existence.

L'annonce du confinement hier soir a été rude. Préparée, j'y étais pourtant. Comme un boxeur dans un ring. Mais préparée à l'enfermement, ça, on ne l'est jamais assez. J'ai ressenti comme un crochet bien vissé sur la tempe.

Fin du premier round…

Ce matin, le son de cloche est différent à l'aube de la mise sous cloche. J'ai repris les rênes, combative, prête à cogner dans le tas.

Mon cerveau a appris de ses insuffisances, il est en mode rébellion « maligne » !

Enfin, j'espère. J'ai peut-être enclenché le mode pitbull par erreur.

J'entends déjà ma psy, Silvia, m'asséner : « Anne-Sophie, vous êtes très intelligente, vous êtes un zèbre +++, mais vous n'êtes pas maligne et je veux vous apprendre à être maligne. »

D'accord, eh bien faisons ça.

Apprenez-moi donc à être maligne.

Mais dépêchez-vous, car mon cerveau a prévu un confinement sous le signe d'une désobéissance quotidienne, aussi minime soit-elle. Ce ne sera donc plus mon footing diurne en guise de petite victoire, de résistance, mais une petite filouterie…

Il faudra quand même aller courir pour évacuer ! Parce que le sport restera toujours mon atèle… (Tiens, voilà ce que j'aurais dû répondre aux reproches du kiné sur mes imprudences avec mon entorse. Ça, c'est de la répartie qui claque !)

Une chose est sûre, je ne vivrai pas ce confinement soumise. Cela sera ma devise, tant pis pour l'amende, tant pis pour tout !

Ils m'ont rendue plus forte, plus déterminée, ils m'ont laissé prendre une place dans ce monde que je croyais à jamais inaccessible ! Ils ne me prendront plus rien !

Ce soir, je suis à Aigues-Mortes, renommée « la confinée du Midi » en hommage à l'époque actuelle. Clin d'œil à un temporaire qui se prolonge, à l'image de cet état d'urgence repoussé indéfiniment, qui donne le pouvoir au pouvoir et l'immunité aux coupables. Il ne faut pas que « Véran le Véreux » tombe là-dessus, il est tellement nerveux ces temps-ci.

Y a-t-il un comte de Monte-Cristo pour faire payer tous ces criminels, dans cette ville forteresse et magistrale, bardée de remparts infranchissables, qui inspire superbement une vendetta à l'ancienne ?

J'y organise un tournoi de tennis que je dois interrompre avant son terme.

Quel gâchis !

Je sens que chacun fait bonne figure en fermant les portes du club-house, chacun tient bien son rôle : vider les frigos, faire le ménage, ranger la paperasse, pour ne pas le retrouver dans le même état que la fois précédente.

Les habitudes de repli sont déjà mémorisées.

L'écran de la télévision est allumé. Sans le son, c'est déjà cela de gagné !

« Jean Pastèque » a l'air d'un clown, agitant les bras, aux côtés des éléments de langage, écrits en gros dans une police au style despotique, symbole des directives de ce nouveau confinement.

Je suis certaine qu'en quittant les lieux, nous allons nous souhaiter un « bon confinement » comme on se souhaite un bon appétit, un bon voyage, une bonne année.

J'en rage d'avance !

Mais je suis déjà dans ma bulle, un peu absente, un peu partie. L'air pas très poli d'une fille qui s'en fout… Le seul moyen que j'ai trouvé pour ne pas hurler en dehors.

Nous avons déjà acté que nous pouvions êtres reconfinés régulièrement. Nous l'avons accepté, digéré, tellement nous savons faire.

L'adaptation est une qualité formidable, mais elle a un revers comme toute vertu, à l'image du Yin et du Yang, jamais de bien sans le mal, jamais de positif sans négatif !

Nous avons déjà fait le deuil de notre ancienne vie, de notre respiration. Ça y est, nous avons pris le pli, nous sommes le pli !

« Bon confinement, les amis ! »

« Quelles sont vos résolutions de confinement cette année ? Moins boire, mieux manger, lire, écrire, faire son jardin, son parquet, sa cuisine. »

« Bonne année 2021 confinée. »

« Vous avez fait quoi durant le confinement de Noël ?

« Les enfants ont-ils été bien confinés cette année ? »

« Tant mieux, le père Noël va pouvoir venir alors. Pourvu qu'il n'oublie pas son masque cette année. »

Et tous ces nouveaux codes sociaux à intégrer…

Je les entends déjà toutes, ces phrases qu'il va falloir accepter sans broncher, tourner en dérision pour éviter le conflit.

Même si je les maîtrise sur le papier, dans la réalité, je suis toujours parasitée par ces convenances de la vie : bien s'asseoir, bien manger, ne pas interrompre, savoir quoi dire au bon moment et naturellement.

Je ressemble à ces nouveaux petits dès 6 ans, obligés de porter un masque.

Une génération sacrifiée dès le départ, incapable de détecter les émotions du visage, incapable de tisser des liens sociaux au-delà du tissu.

« *Je suis la rockeuse de diamants, au fond du cuir noir de mon gant.* »

Catherine Lara est une chanteuse contemporaine dont l'instrument de prédilection est le violon. Féministe engagée, première star française à avoir fait son coming-out, elle suit ses envies artistiques dans le domaine de la musique sans chercher la notoriété.

Rockeuse de diamants non, braqueuse de confinement oui ! Mon premier jour de désobéissance. J'ai ruminé toute la nuit. Rejoindre Marsillargues, à 25 km de distance de LGM et aller courir avec Anka. Oui, tous les braqueurs professionnels vous le diront, il faut commencer modeste, sans prétention, avec un repérage au préalable…

Les conditions sont donc réunies.

J'ai visualisé le scénario avec ses multiples possibilités. Je suis en place.

Enfin, je crois.

J'ai même établi le dénouement possible en cas de quiproquos en cascade, me conduisant à un emprisonnement.

J'ai farfouillé dans ma tête, retrouvé le numéro d'un avocat, ex-amant pas très convaincant. Espérons qu'il se donne corps et âme à son métier…

J'ai gardé quelques bribes de souvenirs le concernant.

Pas grand-chose.

Qu'il avait cessé de faire du pénal.

Qu'il n'avait pas perdu tout à fait la vocation.

Une facilité à l'indignement.

Je n'aurai pas de mal à le persuader qu'il n'attend que moi pour se relancer dans la bataille pour sauver la veuve et l'orphelin.

Enfin plutôt la joggeuse indisciplinée…

Un filet de sécurité pour mon cerveau qui demande simplement à être rassuré.

Bon, certes, j'omets un petit détail : j'ai disparu un peu subitement de la vie de ce gentleman orateur.

Bon, oui, d'accord, j'ai déguerpi à la sauvette.

Une détestable habitude chez moi. Il risque d'avoir gardé quelques griefs, espérons aussi que cela ne le rendra que plus convaincant en plaidoirie.

Oui, il faut tout prévoir, surtout soi qui déraille.

Et mon sang-froid, c'est comme mes abdos, j'aimerais en avoir, mais ils sont dessous, bien cachés !

Je vais même prendre quelques-uns de mes livres avec moi, au cas où je trouverais le temps de faire de la promo, en cellule !

Au cas où l'amant durement éconduit veuille savourer sa vengeance.

Et un cahier pour écrire si jamais je n'ai pas envie de causer au monde et si le monde m'inspire.

Organisée la Anne-So, ce matin !

Décider de ne plus subir, ça me donne des ailes, j'ai peur, mais il y a une force qui jaillit de nulle part, comme de la lave prête à tout ensevelir sur son passage. Jusqu'ici, je n'étais tourmentée qu'à l'intérieur de moi, protégée et coupée de l'extérieur, maintenue simplement par le fil de mon hypersensibilité, qui rend incapable toute forme d'anesthésie. Ce n'est pourtant pas faute d'essayer.

Cette fois-ci, l'extérieur a forcé le passage.

Le confinement, c'est le passage en force du monde vers moi.

Et curieusement, il est en train de m'y ancrer.

Je vois mieux au sens propre du terme, les couleurs sont plus vives, la 3D se réinvente.

C'est comme si je m'incarnais enfin.

Que je me sentais reliée au sol, que je pouvais enfin m'appuyer dessus.

Le confinement m'a ramenée à la vie, il a tiré ce fil qui se distendait, il m'a fait comprendre que moi aussi j'avais une place à prendre. Quels que soient mes griefs vis-à-vis de lui, c'est le monde et c'est le seul, il n'y a d'autres choix possibles que d'en être.

Je me prépare pour l'affronter, je mets mon masque du sourire.

Peut-être qu'un jour, j'incarnerai vraiment le personnage que je joue !

Peut-être qu'un jour, il n'y aura plus de décalage entre cette fille, enjouée à souhait, et les autres, dont la pleureuse infinie, toujours à la dérive.

Peut-être même qu'un jour, je regretterai le temps où je ne pouvais me confondre...

Novembre

Novembre, c'est la pluie qui s'abat sur les feuilles séchées devenues impénétrables, malgré leurs rides.

Cette ondée n'en finit plus. Elle ruissèle, faisant aller bon train les déchets du monde, diluant le pur dans l'impur, assainissant le mal par le bon, dans un tourbillon de multivers, qui, à l'instar des vrais Dieux de l'Olympe, nous assènent les châtiments mérités et maudissent nos têtes brûlées.

Novembre et le vent qui se mêle aux nuages de ce ciel moutonneux, toujours prêts à déverser leur trop-plein.

Novembre, celui du 1er, du 11 et du 13, où l'on se recueille sur nos morts.

Novembre et la terre s'endormant sur le côté, nous prive ainsi du soleil de vie, provoque le sommeil hibernatoire des asphodèles et fait tomber la brume en pâmoison.

« Le poète a inventé la nymphe,
mais la nature avait déjà créé l'océan, le nuage et la femme. »

Anatole France, écrivain français du 19ᵉ siècle, est prix Nobel de littérature. Il rend sa Légion d'honneur pour témoigner de son amitié envers Émile Zola qui se voit retirer la sienne lors de l'affaire Dreyfus.

Plage ouverte, mais pour combien de temps ? Milice déjà en place. Je ressens l'appel de la mer, tous les jours. Alors je me baigne, malgré le froid. Et j'aime ça.

Le scénario se réécrit, à la lueur d'une deuxième vague imaginaire. Mais cette fois, la tranquillité d'esprit est de mise.

Seule avant d'entrer dans cette Méditerranée qui sent les algues et les étangs, je me projette à Nosy Be, au milieu de sa cascade bruyante, protégée par cette végétation luxuriante, grasse et gracieuse. Seule au paradis d'une nature qui se veut libre…

Un peu anxieuse, car les Malgaches qui gardent cet endroit comme un trésor tentent de me faire croire que l'eau y est truffée de crocodiles. Mais ils ne connaissent pas la bête téméraire qui leur fait face. Alors je prends sur moi, imperturbable et incarnée dans ce rôle de l'Occidentale pragmatique. Je savoure cette petite victoire sur moi-même tout en dévisageant avec ravissement cette femme d'une autre beauté qui de loin me dévoile un sourire, enfin un immense trait immaculé qui lui traverse le visage. Ce trait, il m'a barré le ventre, et je le ressens toujours. Un sourire auquel on cède. Un sourire d'abondance, comme une corbeille qui déborde de fruits. Comment peut-on sourire si fort ?

Nous, les Occidentaux, ne savons pas sourire comme ça. Faire des mignonneries avec nos bouches, des gourmandises subtiles. Facile, oui. Mais sourire avec cette robustesse figée, marquer ainsi les sillons, prolonger l'instant, non…

Le vent du nord a fait son œuvre ces derniers jours et me sort de mes rêveries d'outre-mer !

Me revoilà, luttant dans cette eau olympienne pour avancer. Ici-bas, ce ne sont pas les crocodiles qui s'annoncent, mais quelques poissons qui soignent joyeusement leur présence avec des acrobaties volantes. Mes jambes me brûlent, elles s'enserrent comme si elles étaient enveloppées d'un corset. Mon cœur explose.

Que j'aimerais être une « néphélée », cette nymphe hydriade, princesse des nuages, fille de l'océan, porteuse d'eau et de pluie comme bon lui semble, qui ne voit la mer que comme un terrain de jeu.

Le ciel semble m'avoir entendu. En revenant vers le rivage, grelottante mais rassasiée de mon challenge matinal, mes jambes délient ce corset imaginaire. Une pareidolie prémonitoire se dessine juste devant mes yeux. Ce qui est bien avec le ciel, c'est qu'on a toujours l'impression d'être aux premières loges. Les demoiselles des nuages sont coquines, mais aussi artistes. Et généreuses en cadeaux. Une étoile à cinq branches régulières, au cœur proéminent, sans ratures, se dresse devant mes yeux salés.

L'interprétation est immédiate. Petit cerveau deviendra grand. Nous sommes à la croisée des chemins, plusieurs possibilités sont ainsi représentées. Tous ces chemins ne mèneront pas à Rome. De nos choix dépendra la survie de la Terre. Même ses rondeurs incontestables ne nous aideront pas à nous retrouver. Que faire de ce message ?

En rentrant pieds nus jusqu'à chez moi, à l'image des touristes de l'été, je me rends compte que je n'ai plus froid.

Pendant ce temps-là, « Véran le véreux » déboulonne à l'Assemblée. Je vous avais bien dit qu'il était nerveux…

Alea jacta est…

« Le mythe d'Icare, soleil aux trousses. »

Icare, personnage de la mythologie grecque, voulait s'approcher trop près du soleil et s'est brûlé les ailes.

Ce n'est pas seulement l'histoire de la chute d'un homme, c'est son désir fou d'exploration au mépris de sa vie. Mais aussi la personnification d'une désobéissance addictive, les manquements des adultes (représenté ici par son père Dédale) qui amènent bien souvent les enfants à parentifier. Icare, un fils qu'un père trop égoïste a mis en danger, ne connaît pas ses limites ! Un fils qui se brûle au monde parce qu'on ne lui en a pas expliqué les contours…

Toi et moi « avec » le monde entier.

Un mois après le Jour J, Port de la Grande-Motte,

Un ange passe, surplombant les voiliers à gréements.

Sur son chemin, il illumine un mur d'étoiles naines noires

Qui renaissent furtivement dans leur éternité…

Dans sa course folle et espiègle,

Il n'a pas remarqué ce vieux Génie malicieux qui le suit,

À l'affût d'une vadrouille buissonnière…

L'ange continue sa route, m'effleure la main de ses ailes d'or…

Tiens, je connais cette sensation…

Icare, me promets-tu

Que nous brûlerons ensemble ?

Le Génie s'approche, troublant ce souvenir frémissant,

Celui de mon Big Bang…

« Vite, fais-moi ton vœu, jolie poupée ! »

Un vœu, un seul, toi… Juste toi…

Mon livre, mon bébé, ça y est, tu es sorti…

Tu m'ouvres le champ des possibles…

Grâce à toi, je ne suis plus contre, comme le disait la chanson, mais avec le monde entier.

« *L'oiseau construirait-il son nid*
s'il n'avait pas cet instinct de confiance au monde ? »

Gaston Bachelard, philosophe du 20ᵉ siècle, est notre Freud français ! Que ce soit par son apparence singulière de vieux druide ou par son attrait pour la psychanalyse. C'est un philosophe des sciences qui a un faible pour la poésie. Son leitmotiv est que l'erreur conduit toujours à la vérité.

Ce matin, je me réveille avec des mots qui tournent en boucle. Une réflexion toute faite, une mixture nocturne, des pensées mâchées. Une morale de fin aux arômes de La Fontaine : le doute est une sangsue, il vous sauve avant de vous tuer pour de bon.

Ce qui manque à nos concitoyens, c'est une confiance inébranlable en leur corps. En sa capacité à combattre. Un corps qui ne trompe pas, ne trahit pas, ne donne pas de fil à retordre. Un corps qui marche à même la cadence.

Je sais mon corps abîmé, peu explosif, fragile. Mais il a fait ses preuves dans son endurance et dans sa constitution. Depuis mon plus jeune âge, je me cogne partout, je tombe n'importe où et surtout n'importe comment. Quelques dégâts par-ci par-là, mais tout est en place.

Je sais qu'il expulse, qu'il ne garde pas les toxines, qu'elles soient physiques ou physiologiques. Il encaisse et compose. Il ne va pas se rajouter des emmerdements extérieurs, c'est certain.

Lui ne lâche jamais, tout en lâchant tout ce qu'il a en trop. Excessif, tout en sachant se conserver !

Ma tête c'est une autre histoire…

C'est une forme de confiance en soi que j'ai par trop négligée. Je l'ai. Elle est innée. Alors je ne la vois même pas. C'est la seule partie optimiste de moi-même. Que c'est bon d'être bouffonne à mon tour…

Je sais qu'il ne ferait qu'une bouchée de ce virus ! Tout au plus une bouchée difficile à avaler. C'est pourquoi je n'ai jamais vu le Covid comme un danger.

Certains penseront que cette conviction fausse mon analyse. Mais ma qualité, ou plutôt mon fardeau « d'empathe », propre aux « zèbres » (je dis bien empathe et non pas empathique), la rééquilibre et me permet de voir plus loin.

Certains diront que je suis inconsciente, eh bien j'ai tant à dire de leur propre inconscience dont nous débattrons plus tard si vous le permettez.

Certains diront que je devrais signer une décharge pour qu'on ne me soigne pas dans les hôpitaux pour cause de Covid. Eh bien, allons-y, moi je la signe votre décharge, mais à la place, vous me rendez tous mes droits sans exception.

Certains diront que je n'ai pas été assez malade dans mon corps. Car la maladie balaye tout sur son passage. Pourtant, je connais cette sensation, je l'approuve unanimement. Sans la santé, il n'y a plus de vie. Mais sans vie, il n'y a plus de santé non plus. Il faut une juste mesure des choses…

La plus grande dangerosité du virus, c'est la folie qu'il met dans la tête des gens. Et ceux qui n'ont pas confiance en leur corps sont les premières victimes potentielles. Leur instinct de survie leur impose le couvent. Le sentiment est louable, mais il n'est que la conséquence d'une peur montée de toute pièce, transposable à foison.

Il suffit de lancer une rumeur puis de trouver des médias complaisants (pléonasme) qui font de l'exception une généralité, d'un profil atypique (par exemple une jeune femme en bonne santé qui décède) une norme. Et puis c'est l'effondrement…

Les Coronavirus ont toujours existé en France. Avec la grippe qui rôde, les hôpitaux sont saturés chaque hiver. Il y a 1 000 solutions pour supporter cette nouvelle augmentation saisonnière : ne serait-ce que d'ouvrir les cliniques privées, puis les cliniques vétérinaires, par exemple. Il faut juste le vouloir.

Il faut juste que les valeurs républicaines, la liberté, les droits de l'homme soient le moteur de recherche, la prévalence de tout positionnement. Que l'angle de vue ne soit pas uniquement véhiculé sur un allégement des services de réanimation. Et les solutions découleront d'elles-mêmes. Sans forcer.

Mais l'intérêt est ailleurs. Tuer le monde pour le restructurer est le seul objectif. Tuer le monde pour l'asservir. Et cacher aussi la misère apparente, faire diversion, en faisant semblant de mettre la santé au premier plan.

Il n'y a pas un responsable politique dans ce monde qui s'inquiète du bonheur des gens, et lorsqu'un vilain petit canard émerge dans cette colonie d'arrivistes, il se fait littéralement broyer par le système.

Regardez autour de vous ! À des échelles moindres, ceux qui obtiennent les places les plus gradées sont souvent ceux qui ont le plus de sang-froid et le moins d'humanité. Et je ne parle pas de leurs compétences, somme toute discutables. Il en va ainsi depuis très longtemps dans le service public, mais pas que. Ailleurs aussi, les bons désertent, les empathiques se font bouffer, les courageux décourager, les justes massacrer.

Il n'y a qu'en bas qu'on pleure les morts.

15 novembre 2020

« *Sous quelque gouvernement que ce soit, la nature a posé des limites
au malheur des peuples. Au-delà de ces limites,
c'est ou la fuite, ou la mort, ou la révolte.* »

Un jour, Denis Diderot, philosophe du 18ᵉ siècle, reçoit un
appel de son ami et censeur de Louis XV, Malesherbes, monar-
chiste éclairé, qui le prévient de la volonté du roi de faire
détruire les volumes de l'Encyclopédie. Diderot ne peut trouver,
dans le temps imparti, un moyen de mettre à l'abri l'immensité
de son ouvrage. Malesherbes, complice des Lumières, lui trouve
finalement une cachette judicieuse et insoupçonnée : sa propre
demeure…

Il n'est pas vraiment de confinement qui tienne. Les gens
sont devenus tous à leur manière des hors-la-loi. Ce n'est pas
moi qui vais m'en plaindre. Mais à la longue, si plus personne
ne suit les règles, si ceux qui nous gouvernent sont à ce point
considérés comme des imbéciles, allons-nous pouvoir continuer
à vivre ensemble ?

Notre gouvernement est en train d'enfreindre les règles les
plus basiques qui soient, applicables aux grands dictateurs eux-
mêmes. Dans une société, il faut que le petit puisse vivre aussi…

La « Nature » de Diderot, autrefois représentée par une
moisson et une agriculture potentiellement capricieuses, est aujourd'hui un danger de l'air. Néanmoins, la peur du virus s'est

74

amenuisée, car elle seule a vraiment rendu possible la mise en place du confinement !

Maintenant, les gens se sont habitués, l'inconnu est mis à nu.

À force d'aller toujours plus loin vers la dictature, nous formons des ghettos anarchiques, des bobos de la résistance passive. Les plus renfrognés du départ, qui supportaient si bien, qui se vantaient de leurs capacités d'adaptation, font aussi partie de ceux qui truandent, dissimulent.

Dans notre époque dite moderne, on savait qu'il existait des entreprises dédiées à la mise en place « d'alibis », profitables aux adultères et passions inavouables. Des alibis pour endormir ses proches. Il va sûrement y avoir dès demain des entreprises spécialisées dans les « alibis de confinement » juste à visée étatique. Avec attestation au poil pour passer au travers. Avec des métiers différents pour pouvoir se déplacer partout. Des doubles, des triples vies, juste pour retrouver un peu de la sienne. Ensuite, cela ira encore plus loin : de fausses attestations de vaccin, de fausses familles, de fausses urgences, de faux décès !

Œil pour œil, dent pour dent, la loi du Talion revisitée pour faire face aux plus grands menteurs jamais dégottés !

Un marché noir de la liberté !

« Le monde est un endroit dangereux où vivre. Pas à cause des gens pervers, mais à cause des gens qui ne font rien à ce sujet. »

Albert Einstein, sacré « personnalité du 20e siècle », est un mythe, parfois même considéré comme le plus grand génie de tous les temps. Enfant solitaire, dans sa bulle, il se passionne pour le violon. Éternel immature, allergique à l'autorité, c'est aussi un rêveur farfelu qui sort souvent en pantoufles. Friand de compagnies féminines, il reste cependant très misogyne au sujet de l'intelligence au féminin.

Je suis de celles qui aiment les hommes.

Je suis de celles qui tolèrent leur lâcheté, leurs instincts.

Je suis de celles qui prennent ce qu'ils ont de meilleur.

Je suis de celles qui déplorent leur transformation progressive en petits agneaux.

De celles qui regrettent les anciens gentlemen, les « James Bond », transformés à présent en « chercheurs de liens de parités ».

Mais je dois avouer que depuis que je fais la promotion de mon livre, beaucoup de spécimens du genre masculin ont eu l'occasion de me décevoir en tout point.

Il est vrai que quand on s'expose, quand on s'accole à la vie publique, les dangers sont beaucoup plus nombreux que lorsqu'on reste recluse derrière son écran. Parce qu'on est soi-même vulnérable, en demande de contacts, de services, d'opportunités, et que les hommes en face ne savent visiblement pas répondre à ces sollicitations sans y voir une possibilité d'en tirer autre chose. Pourtant, soyez sûrs que je ne cherche pas à créer d'ambiguïté.

J'ai contacté quelques personnalités ciblées, dans un dessein de prescription de mon livre afin de lui permettre un rayonnement et une visibilité supplémentaires. J'ai vite laissé tomber, aucune ne répondant, sauf les éventuels malfaisants, ces porcs qui s'ignorent, ces ignorants de l'amour.

Puisqu'il faut toujours une exception, il y eut un homme au comportement noble dans cet amas de pervers bien rodés. J'ai nommé André Comte Sponville, le seul à s'être procuré « mon petit traité » par ses propres moyens. Il l'a lu, transmis à sa compagne et m'en a fait un retour très positif et encourageant.

Voilà au moins un homme qui applique la philosophie qu'il prône. Tout le contraire des pervers, ces moutons de la société d'un genre nouveau, restés immuables dans cette culture de domination masculine. Si même des gens célèbres fonctionnent ainsi, de surcroît avec une quidam, cela veut dire que dans la vie courante, ils s'en donnent à cœur joie.

Je ne pensais pas être une cible potentielle…

Je suis tombée des nues. Mais rassurez-vous, eux se souviennent encore de l'ouragan Anne-Sophie…

À bon entendeur…

« Guerre est Paix
Liberté est Servitude
Ignorance est Puissance. »

Cette citation, tirée de *1984* est la devise du nouveau monde, celui décrit dans le célèbre roman de George Orwell.

En dehors de son existence d'écrivain austère à la santé fragile, ce dernier est incité à une vie intime libre. Sa première femme lui recommande des relations sexuelles avec une autre afin qu'il soit le plus épanoui possible.

Mon « télécran » n'est pas allumé. Je n'ai pas l'obligation de le subir. Mais son contenu trouve toujours un moyen de débarquer dans l'appartement insidieusement.

Au menu du soir, les étapes du confinement, avec votre serviteur « Manu », sommelier en chef, pour vous soûler de toutes les fragrances possibles au degré élevé de baratinage. Je ne l'écoute pas, comme d'habitude, au risque de briser le « télécran ». Qui sait si la « police des pensées » ne sortirait pas de ses retranchements pour enfoncer la porte au bélier.

Je m'identifie facilement à Winston, peut-être aussi parce j'ai le même âge que lui. À l'aube de la raison. Ou pas.

Je reçois les SMS de ceux qui se laissent happer. Cela m'arrange bien malgré tout, qu'on le veuille ou non, « Manu » est un petit personnage clé de nos vies qui se presse jusqu'à notre paillasson de palier. Pour le coup, le fou rire est de mise, car aucune information me parvenant n'est identique. En gros, il semblerait que personne n'ait rien pigé...

Résultat des courses, je somme mon cerveau, mon « emmerdeur » (hommage à Jacques et Lino) de garder la tête froide, de faire comme si « Manu » n'existait pas (pour le coup, il a l'air tout à fait réceptif) et de rester comme si rien n'avait changé.

Et puis j'en ai marre des conversations vides de sens sur le nombre de kilomètres à parcourir, la durée de la sortie, etc. !

« Emmerdeur » vaut mieux que ces petits questionnements minables. Lui aussi veut une autre vie que celle qu'on lui propose. C'est bien simple, je ne veux plus participer à cette mascarade qui nous pollue.

Alors « Manu », réfléchis tout seul, écoute-toi parler, fais tes monologues, je me retire de cette réunion virtuelle.

J'ai une petite idée qui germe doucement pour sortir de ce cercle vicieux. Qui va finir en coup de tête. Attention les dégâts. Me voilà qui me mets à chantonner en mode « Assurancetourix », le générique d'*Astérix* venu s'incruster en pop-up dans ma tête : « Astérix est làààà, ça va faire mal, çaaa va cogner la bagarre[1] »...

Mais où suis-je donc allée chercher une telle référence ?

---

[1] Je suis allée écouter la chanson et en ai découvert l'interprète, Plastic Bertrand.

« Au milieu de l'hiver, j'ai trouvé en moi un invincible été. »

Albert Camus est le frère ennemi de Jean-Paul Sartre qui l'a longuement calomnié. C'est un philosophe existentiel qui pratique la philosophie qu'il inculque à ses élèves. Pupille de la nation, il conserve un complexe d'infériorité et un syndrome d'imposteur dans le monde bourgeois qu'il arpente.

De ma peine acharnée, j'ai enfin pu découvrir la connexion avec la Nature. J'avais la faiblesse de croire que je savais me connecter à elle comme je sais si bien le faire avec les animaux. Mais je n'arrivais pas vraiment à briser la glace, il y avait toujours une distance impalpable entre nous. J'avais beau parfois me frotter aux arbres, les serrer dans mes bras, manger leurs fruits sans savoir d'où ils venaient, me rouler dans l'herbe, rien n'y faisait. La connexion était brouillée. Elle restait à la surface. Un peu comme cette voisine aux cheveux d'argent que je croise quotidiennement dans l'escalier, avec laquelle j'échange un sourire, quelques mots parfois, me disant qu'elle a l'air bien sympathique.

Tout a changé sans que je m'en rende compte. Comme si la voisine était rentrée subitement chez moi, les bras remplis de courses, s'installant nonchalamment pour le thé !

Maintenant, je vois ces arbres qui se cherchent et se retrouvent par en haut.

Qui se consolent, se murmurent de l'espoir. Ils me parlent de cette dictature de la nature qu'ils subissent.

Obligés de pousser tout droit. Sans rien qui dépasse.

Obligés de se conformer aux autres.

J'entends leurs sanglots qui raclent à déterrer un cadavre, je détourne le regard, gênée de ma responsabilité, comme quand je croise le SDF dans la rue et que je ne sais quelle attitude adopter. Que j'y pense tout le chemin restant.

Mais plus que tout, c'est l'appel de la mer, son ressac qui m'a branchée à la nature. Cette mer que je redécouvre au quotidien qui a accès à tous les recoins de mon corps.

Aujourd'hui, je n'ai pas pu courir, trop faible et décharnée. Alors je suis allée sur la plage. Bondée cette plage. 20 km, 3 h, ça n'a l'air de rien sur le papier. Pas si on en croit le bruissement de pieds sur le sable…

Ces têtes levées de gens qui inspirent de longues bouffées d'air. Ces démarches dynamiques et conquérantes. Devant cette mer qui gicle son entrain. Ces petits chiens qui frétillent. Ce bois flotté éparpillé qui sert de bancs. Ou de poutres d'équilibre, selon l'âge des utilisateurs.

Je surprends l'embrassade soudaine et fougueuse d'un couple qui se pelotonne avant de reprendre tranquillement sa route. Puis viennent les danseurs aux baguettes nordiques dans ce bal inopiné du dimanche.

J'ai choisi mon bois de banc pour ne rien manquer de ces petites saynètes de vies presque normales. Parfois tartinées de ridicule quand certains passent, masques greffés au visage. Un théâtre de Bouvard pour agrémenter ma journée diminuée.

Prendre ce qu'il y a à prendre.

Décembre

Le mois des Sagittaire...

Je me souviens encore de lui, l'amoureux de mes 18 ans, prof de philo, dandy au visage gracile, une chevelure affinée au sommet du crâne, dessinant un front dégagé présageant une calvitie précoce, mais pas assez pour que je puisse la caresser un jour, car les amours passent trop vite et c'est tant mieux. J'ai nommé Emmanuel, né un 12 décembre... Rien à voir avec l'autre. Pourtant lui aussi un Sagittaire, mais du 21. Comme quoi, comme je le dis souvent, un simple détail peut gâcher tout l'ensemble.

Je me rappelle, avec mon Emmanuel, le beau, le mâle, lorsqu'il venait me voir dans ma petite chambre universitaire, on faisait toujours l'amour avec le film *L'incorrigible* en toile de fond et sans le son. Pourtant, ce n'était pas faute d'aimer la voix de « Bebel ». J'avais déjà mes rituels anodins et handicapants, sans savoir vraiment de quoi il retournait. Emmanuel riait beaucoup, les autres me trouvaient mystérieuse. Ce n'était pas si mal, au fond. Quand je ne savais pas qui j'étais. Maintenant, je peux le dire, c'était tellement long que je n'arrivais jamais à voir un bout du film.

Depuis ce temps de la fausse insouciance, lorsque c'est de nouveau trop long, je pars, je m'endors aussi, car il vaut mieux appuyer sur la télécommande de mon cerveau plutôt que de s'axer sur la prouesse physique. Vous savez, ce cerveau qui fourmille, qui se disperse partout et nulle part, cette suprasensibilité. Pour le reste, c'est pareil, danseuse de la cérébralité, mon corps ne répond jamais seul. Je donne dans l'excès, l'absolu, mais pas de « présentéisme » en amour, s'il vous plaît ! Du contexte, de l'enrobage, de la représentation, des symboles, des mots… Gardez vos longueurs techniques pour celles qui aiment.

Décembre, c'est encore ce mois où trop de mauvais souvenirs d'enfance viennent réveiller mes angoisses, de jour comme de nuit. C'est la chape de plomb qui ne laisse aucun répit. Serrer les dents pour ne pas sombrer, fermer les écoutilles pour ne plus entendre. Ne pas regarder Noël qui se prépare, ne pas s'attendrir, grimacer tout au plus.

Décembre, c'est aussi le mois propice à l'écholocation des cachalots à l'île Maurice où j'irai un jour, peut-être passer Noël d'ailleurs, pour oublier la terre ferme.

Décembre, ce sont les tortues qui s'accouplent aux Galapagos, et puis tant d'autres beautés de la nature qui font oublier les hommes et leur virus maudit.

Décembre, c'est aussi le « Sardine Run » des étourneaux du Grau-du-Roi, cette nuée noire et compacte d'oiseaux grégaires, qui après s'être gavés de friandises le jour, viennent chercher un abri dans les arbres. Visiblement, ils recherchent de ce côté-ci de la Camargue la souplesse et le confort de ce nid propice à la sensualité. Profitez-en bien, vous qui n'êtes pas confinés.

Et puis c'est aussi le tableau du « Radeau des macreuses » sur l'étang du Ponant. Savent-elles qu'installées ainsi, collées les unes aux autres pour se protéger du monde, aucun chasseur n'a le droit de les abattre ?

Parfois, l'appel de la nature est donc entendu…

« Il ne s'agit pas d'être quantitativement plus intelligent,
mais de disposer d'une intelligence qualitativement différente.
Ce n'est pas la même chose. »

Jeanne Siaud-Fachin est la psychologue spécialiste des « zèbres », qu'on nomme plus communément « surdoués ». Elle est à l'initiative de la création des centres « Cogitos Z » qui prennent en charge ces enfants différents pour les accompagner dans la vie.

Je suis actuellement diffusée dans une Web TV, *L'agglo TV de Montpellier,* pour la promotion du Tome 1.

Ouh là là, insupportable à regarder ! Que de progrès d'élocution à faire. Et ce visage ! Je crois qu'il faut tout refaire ! Sans parler de ces cheveux, même la paille est plus disciplinée ! Et enfin cette voix gnangnan. Ne me dites pas que c'est la mienne…

La seule chose positive que je retiens de cette interview, c'est d'avoir pu parler de ma condition de « zèbre » alors que je ne l'avais pas du tout prévu.

Ce zèbre hypersensible, à qui l'on a rajouté des rayures, qui marquent les différences et ne passent pas aux rayons X des stades de la vie.

Ce zèbre insoumis, qui ressemble à un cheval, l'animal domestiqué par excellence, mais n'en possède pas les codes.

Ce zèbre hyperactif, qui reçoit les mots et les idées par centaines, incapable de trier, et qui s'use devant tant de stimuli parasites.

Ce zèbre instable dans les sables mouvants de l'existence, qui passe du temps à tout décortiquer, allant même jusqu'à inventer son propre langage et des mots dérivés de sa condition : « zébritude », « zébrures », etc. !

Moi aussi je fais ça, je crée beaucoup de néologismes et j'aimerais créer une « zébrunauté bienveillante ». Une communauté pour les « zèbres » et « zebrettes » qui se retrouveraient dans mon descriptif.

Moi la « zebrette » dévitalisée, dotée d'un cerveau qui pense dans le vide et vide sa substance de toute productivité sociétale, me voici à rêver au tissage des liens.

À l'instar de ces belles surprises lors de la parution de mon livre. Ces gens qui étaient là sans l'être et qui se sont révélés soudainement dans un soutien indéfectible.

A contrario, il y a eu aussi ceux qui ont déçu, qu'on croyait proches et qui n'ont pas saisi l'occasion de me montrer leur attachement, des aspirations de succès à mon égard. « *Nul n'est prophète en son pays* », comme dirait ma copine Mumu (je préfère la citer plutôt que Jésus, cela me semble moins conceptuel). Elle fait partie des bonnes surprises et est une surprise à elle toute seule…

Je la vois bien dans ma « zébrunauté », cette hyperactive qui s'ignore, cette intolérante à l'injustice…

Victoria aussi, qui avance dans sa « zébritude » et revisite sa vie en bouillonnant.

En fait, ma « zébrunauté », elle est déjà là… D'autres volontaires ?

« Un optimiste, un étranger, un espérant. »

Mort Schuman est un chanteur-compositeur américain, mort à la fin du 20ᵉ siècle. Passionné de la langue française qu'il maîtrise parfaitement, il nous laisse des albums aux chansons bilingues. Plutôt rares à l'époque, elles sont devenues tendances à l'heure actuelle.

Et Bam ! L'arroseuse arrosée. La fille qui vante les mérites de son corps intouchable, c'est la même qui fait une pyélonéphrite quelques jours plus tard. Cela n'arrange pas mes affaires puisqu'en parallèle, la petite idée secrète a bien germé, et à la même cadence que l'infection visiblement. Cette foutue anomalie contrecarre mes plans. Mais je ne veux pas lâcher. Je vais donc une nouvelle fois devoir me montrer optimiste et faire confiance à la vie…

Je vous invite à écouter cette chanson de Mort Schuman, *L'optimiste*, qui fait partie des faces b qui ont traversé la vie avec moi. Je la connais par cœur. Je l'ai tellement écoutée qu'elle est devenue hors du temps, comme beaucoup d'autres, c'est-à-dire qu'elle n'est plus affiliée à aucun souvenir. J'ai cette expérience avec beaucoup de chansons qui me rappelaient un souvenir particulier au départ, puis, à force de les écouter en boucle, celui-ci s'est éteint, dilué dans le présent, entre d'autres instants.

L'excès de souvenir tue donc le souvenir…

Avec *L'optimiste*, il me reste juste le bien-être de retrouver quelque chose de connu, cette sensation de cocon, de tranquillité, une mélodie familière. Associé au temps qui s'arrête sur le tourne-disque de la planète, cette «possibilité d'une île» chère à Michel Houellebeck, repris également magnifiquement par Carla Bruni…

Dans cette chanson, Mort Schuman décrit l'optimiste comme une race à part. Il en fait l'éloge de résistants qu'on assassine. Ceux qui relativisent tout le temps, les «y a pire ailleurs», «on n'est pas si mal ici». Pour moi, ce sont aussi ceux qui nous mènent tout droit au chaos.

Les mêmes qui traitent les autres de «complotistes», comme si ce mot pouvait vraiment encore exister de nos jours… La réalité a dépassé tellement de fois la fiction. Peut-on encore douter de ceux qui doutent…

Il y a des mots de la langue française qu'on devrait se résoudre tout bonnement à remplacer, quand ils ont trop servi et mal servi, quand ils servent les ignares, les moutons bien-pensants, les sans-esprits, quand ils ont été utilisés à mauvais escient, manipulés de toutes pièces. Ne surtout pas les bannir, parce que cela réduirait encore notre liberté d'expression et les ferait mourir en martyr, mais plutôt les actualiser, les raviver, les recadrer.

«Complotiste et ses dérivés» ont fait leur temps, en bouclier des «sans arguments».

«Les optimistes ont bien de la chance. Les pessimistes, bien du travail. Que les premiers n'oublient pas d'être prudents, ni les seconds d'aimer la vie.» Cette citation d'André Comte Sponville nous ramène sans doute à cette juste mesure des choses…

Que je n'ai pas. Que je n'ai jamais eu. Que je n'aurai jamais.

10 décembre 2020

« *En temps de fléau, la joie est une brûlure.* »

Albert Camus est à l'honneur en cette année 2020 puisque toutes les générations sont invitées à lire ou à relire *La peste*. L'auteur s'est beaucoup documenté sur les épidémies, tant sur l'aspect scientifique que sociologique, afin d'achever son roman au bout d'une décennie.

Vous vous souvenez de cette idée qui germait dans ma tête ? Contrecarrée par cette pyélonéphrite pour laquelle je suis toujours sous traitement, j'ai suffisamment laissé durer le suspense.

Il y a trois jours, j'ai pris un billet pour Dubaï. Test PCR dans la foulée. Résultat ce matin. Négatif ! Le comble pour une recluse serait d'être contaminée, mais on ne sait jamais. On en a vu d'autres avec ce Covid…

Pour les novices en la matière, j'ai trouvé ce test extrêmement désagréable. En plus, chez nous, en Province, il faut s'y prendre à l'avance pour avoir le droit de souffrir. On est obligé de faire appel à une infirmière libérale, car les laboratoires ont jeté l'éponge et les Drive ne prennent pas les rendez-vous.

J'ai donc garé « Dragibus » juste devant le laboratoire du Grau-du-Roi, ouvert ma fenêtre sous ses fenêtres, et attendu. Coline est arrivée avec sa grande tige. Avant qu'elle ne me la plante dans le nez, j'avais déjà froncé les sourcils, plissé les yeux, poussé de petits gémissements rauques et versé des larmes émotionnelles… Ont suivi naturellement les basales, la toux, les tics en guise d'effets secondaires d'un moment certes furtif, mais peu naturel.

Coline a ri de bon cœur, récupéré son petit sachet et est allée le poser à l'accueil du laboratoire. En attendant le verdict et le « laissez-passer », avant que le fameux « passeport vert » tant redouté ne soit mis en place. Beaucoup d'intermédiaires pour pas grand-chose. Un pays au ralenti.

Je suis tellement heureuse de m'envoler hors de France, tellement impatiente de voyager de nouveau, tellement angoissée aussi !

Bien organisée, j'ai fait faire des attestations pour me rendre à Paris, mais également à Dubaï ! Je n'en livre pas davantage, quelques secrets à garder précieusement au fond de mon liquide céphalo-rachidien, si Coline ne me l'a pas percé entre-temps.

Phobie, angoisse, quand tu nous tiens…

Partir avant la fin du déconfinement programmé au 15 décembre (ils sont déjà en train de le repousser) est particulièrement symbolique et concrétise cette fugace poussée d'endorphines.

Ce soir, je serai au soleil, enfin, le temps qu'il se lève…

Ce n'est pas la destination de mes rêves, mais elle était accessible financièrement (enfin sur le papier) et autorisée. Alors j'ai saisi l'occasion, telle une romancière qui veut de l'originalité dans ses écrits, car oui, je le fais aussi pour donner à ce livre le ton de l'aventure.

Seulement l'aventurière en question n'a pas changé son caractère. Je découvre par hasard hier soir qu'il me faut refaire un test PCR 72 h avant le retour en France ! Le revers de la médaille des coups de tête non maîtrisés. N'oubliez pas que j'ai l'âme d'une bipolaire avec ses phases maniaques. Remue-ménage, insomnies, mon cerveau s'en donne à cœur joie durant cette dernière nuit passée avec Minette, blottie sous mon tee-shirt. Tous les scénarios possibles et inimaginables sont soigneusement épluchés. Mais aucun où je rentre saine et sauve à la date prévue. Isolement forcé, famine, ruine financière, haute trahison d'expatriés, espionnage, prise d'otages, confiscation de passeport… Mata Hari n'a qu'à bien se tenir. J'espère néanmoins ne pas finir comme elle. En tout cas, maintenant, je dois éviter le Covid au risque d'une quarantaine à Dubaï à mes frais.

Je suis consciente que tout cet onanisme intellectuel n'a plus rien à voir avec la problématique de départ. Lorsqu'une branche grandit trop vite dans mon arbre, elle pousse comme du chiendent, incontrôlable, sortant du champ de vision des possibles.

Cette nuit, l'arbre est devenu forêt, enracinée et déployée partout dans ma tête. J'implose en live, à présent que je suis enfin assise dans l'avion. Je m'efforce de me divertir en observant les hôtesses d'Emirates, qui ont su maintenir leur classe malgré leur changement de tenue.

De longs sacs-poubelle transparents les couvrent jusqu'aux pieds, laissant apparaitre la relique d'un uniforme soigné. Avec leur chignon bien dressé sous leur coiffe rouge, elles ressemblent à un sémaphore piqué d'un feu de signalisation. Viennent s'ajouter les gants, la visière doublée d'un masque pour fignoler les barrières de sécurité de cette tour maritime. Pas de sourire aux dents blanches en perspective. Un attirail de guerre. Ont-ils prévu ce genre d'accoutrement pour l'élection de Miss France dans quelques jours ?

Heureusement que le pilote belge a une très belle voix et beaucoup d'humour.

Avant de décoller, je me dois de vous raconter le passage surréaliste et interminable de la sécurité à Roissy. Déjà, il faut savoir que la distanciation physique là-bas, ça n'existe pas, les gens sont parqués comme du bétail. Si ça se trouve, ça y est, j'ai déjà le Covid...

Dans ce sas alloué à notre sûreté (laquelle ?), des femmes pleurent à chaudes larmes, des enfants courent partout sans surveillance, des pères maugréent, en colère. Une foule impuissante de voyageurs en passe de rater leur avion face à des agents totalement dépassés, incapables de réaliser les gestes de contrôle les plus simples, paralysés par le stress de voir le troupeau de derrière continuer à s'agglutiner. Les bacs contenant les bagages à main, dont les téléphones, les ordinateurs portables, les porte-feuilles, les vestes, les ceintures, les chaussures, les billets, les passeports s'éparpillent partout, se mélangent entre eux, tombent parfois, restent à terre ou atterrissent chez le voisin. Mais que se passe-t-il donc ? Un Royssi-Tanic ? Un nouveau jeudi noir ?

Je ne lâche pas du regard les quatre bacs où sont regroupées mes affaires, à plusieurs mètres d'intervalle, ayant été dirigées dans différentes files d'attente, vraisemblablement pour plusieurs types de contrôles. Sachez, Messieurs, que si danger il y a, il vient de cette grosse tête toute ronde et joviale devant vous, mais certainement pas de la garde-robe presque totalement inutile que sa propriétaire trimballe.

Les gens piétinent, poussent sans vergogne et sans but. J'en profite pour travailler mon ancrage du genou. Je me sens nue sans téléphone, sans papiers d'identité, sans manteau, ballotée dans cette fourmilière d'incompétence.

Je suis en avance sur l'horaire, alors je panique nettement moins que mes voisins du moment qui réclament des passe-droits en vain. Les agents ne prennent pas de bakchich, c'est plu-tôt rassurant, mais à ce train-là : avion raté, donc la roue tournera !

Mon seul objectif est de gérer mes tocs, ma distraction d'adolescente, ma tête qui part en sucette face à tous ces stimuli qu'on lui envoie. Je tourne sur moi-même comme la poupée d'une boîte à musique, je me fonds dans cette bulle de coton.

Puis finalement, mon tour arrive, je passe la fouille des sacs, la languette des explosifs, les questions bidon sur le motif de mon voyage. Je n'ose croire enfin à la réunification de mes bacs, devenus chef-d'œuvre quadriptyque indissociable de mon apai-sement.

Je m'assois par terre en tailleur comme une laveuse au lavoir avec ses bassines autour. J'entends bien ranger comme je l'en-tends, et ranger ma tête. Je me suis toujours assise par terre, partout, je crois. Assise par terre à la récré, assise par terre à la sortie des classes, les bras croisés, pour signifier ma résistance et mon ennui. Aujourd'hui, pour stopper le monde autour, je n'ai rien trouvé de mieux.

Je pousse un long soupir de soulagement en enlevant mon masque qui me colle aux narines. Tant pis pour les remarques désobligeantes de ceux qui n'ont comme seule occupation la vie des autres pour oublier la vacuité et inanité de la leur. J'ai dû pro-bablement retenir ma respiration tout le long de cette attente.

Curieux que je ne sois pas meilleure aux exercices d'apnée… Je prends quelques minutes pour photographier mentalement cette déconvenue.

Un pays tout simplement à l'arrêt. « Ne m'appelez plus jamais France, la France, elle s'est laissé couler. »

Le nouveau monde est arrivé, ne voyageront que les plus téméraires, les patients, les vaccinés, et surtout les riches. Je suis très loin sur la liste de toutes les qualités requises.

En attendant, j'y suis, dans cet Airbus 380 qui sent les vacances et le monoï, et, proximité oblige, le désinfectant et la transpiration. Je découvre le fantastique répertoire de chansons françaises de cette compagnie progressiste. Je profite des bruits des réacteurs pour chanter à tue-tête. Quant au masque, il dissimule mes lèvres qui déversent leur sensualité de chanteuse de salle de bains. Ce soir, je suis une Castasfiore incognito ! Au pire, certains penseront que j'ai le syndrome de la Tourette, avec les gestes saccadés d'une fille qui ne peut vivre que dans l'excès. Pas d'exception pour une interprétation improvisée.

« Des quatre coins de la Terre, je ferai le tour du monde un jour très ordinaire, je t'écris de ce rêve de t'avoir tant aimé. »

Grégory Lemarchal, chanteur découvert dans la Star Academy en 2004, est atteint de Mucoviscidose, une maladie génétique qui lui prend la vie à l'âge de 23 ans. Sa famille, dépassant ses propres peurs, laisse cet enfant prodige mener ses rêves, toujours à l'écoute de ses désirs.

Je t'écris d'une ville sans parcs et sans verdure.

Je t'écris d'une mer importée, sans la vie qui l'accompagne.

Je t'écris d'un bateau où des jeunes expatriés s'enivrent plus que de raison.

Je t'écris de ce ciel où l'on partage un repas, harnaché au-dessus du vide, l'estomac qui se balance.

Je t'écris d'une rue filmée à outrance, où l'on ne mendie pas, où l'on respecte des convenances surannées.

Je t'écris d'hôtels prestigieux habillés en Noël.

Je t'écris de la plus haute tour du monde, un soir de lumières embrasées.

Je t'écris d'un désert aux nuances d'un coucher de soleil rouge vif.

Je t'écris d'une terre marécageuse où des tours de béton forment des colliers de champignons.

Je t'écris d'un lit dans lequel même la solitude se maîtrise, en toute intimité.

Je t'écris d'une rame de métro réservée aux femmes, fantasme des frotteurs parisiens.

Je t'écris d'un restaurant fumeur, synonyme d'un passe-droit obsolète, comme un film qui aurait mal vieilli.

Je t'écris ébahie par tant de superficialité, mais follement émue de cette liberté retrouvée.

18 décembre 2020

> *« Elle est aussi insaisissable que les tentacules gélatineux*
> *de l'animal homonyme ou les couleuvres visqueuses*
> *dont la chevelure grouillante est envahie. »*

Sylvain Détoc, professeur de littérature à la Sorbonne, revisite l'histoire de « La Méduse » dans son ouvrage *La Gorgone Méduse* dont je vous rappelle la légende. « La Méduse », seule mortelle des trois Gorgones de la mythologie grecque, est une femme magnifique aux longs cheveux flottants. Elle se révèle pleinement dans le rôle de Prêtresse de la Déesse Athéna, le rêve de sa vie, et nage dans le bonheur durant cette période faste où sa notoriété s'accroît. Mais c'est sans compter la vilénie du Dieu Poséidon, qui veut se venger de sa nièce Athéna et qui viole « La Méduse », dans le palais de la Déesse. Athéna, ne pouvant tolérer cet affront doublé d'un déshonneur, punit « La Méduse » qu'elle juge en partie responsable, la transformant en femme-serpent, dotée du pouvoir de pétrifier quiconque croise son regard. « La Méduse », ne voulant faire le mal autour d'elle, n'a d'autre choix que de s'exiler, continuant à célébrer le culte de sa Déesse, recluse loin de la cité.

Dubaï, c'est le droit à tout sans se faire prendre.

Dubaï, c'est le sexe contre l'argent.

Dubaï, c'est les lèvres gonflées, les seins qui montent jusqu'aux épaules, les facettes lustrées, les visages lisses et anguleux, les fesses bombées, telles des Gorgones des temps modernes.

Dubaï, c'est Louis, Valentino, Giorgio, pour accompagner ces créatures et leur donner consistance.

Dubaï, c'est le naturel qui fait tache de pétrole.

Dubaï, c'est les complexes qui se réveillent à force de croiser des retouches humaines.

Dubaï, c'est être transparente à 40 ans, sans le pouvoir de pétrifier un homme, ni même de figer son regard un seul instant.

Dubaï, c'est la mer sans sa faune, toute entassée dans un hôtel où les poissons baisent dedans.

Dubaï, c'est Palm Jumeirah, son faire-valoir, où grouillent des méduses violacées semblant avoir bu de l'essence, qu'on cache dans des sacs-poubelle au petit matin, pour faire oublier cette population déviante, telles les vergetures d'un idéal déliquescent. Ces méduses dont on ne peut juguler la prolifération, à l'instar du Covid chez nous…

Dubaï, c'est l'Eldorado empoisonné, la prison du paraître, l'écologie sacrifiée, le royaume des gélifiées.

Mais Dubaï, c'est aussi la laïcité de la France d'hier, la tolérance des religions, un sentiment tout moelleux de sécurité.

Dubaï, en somme, c'est « Burkini interdit » pour cause de « tenue correcte exigée » au White Beach (et ailleurs), cette luxueuse plage privée où les méduses, encore elles, vertes translucides de ce côté-ci et toujours plus adipeuses, surabondent tout en s'échouant lourdement après avoir côtoyé leur décalcomanie humaine, avachies sur leur transat tout en prenant la pose.

22 décembre 2020

« Hier encore j'avais 20 ans, je gaspillais le temps en croyant l'arrêter, et pour le retenir même le devancer, je n'ai fait que courir et me suis essoufflé. »

Charles Aznavour connaît en premier lieu le désamour de la part du monde de la musique avant de devenir un chanteur adulé. En parallèle de sa carrière d'artiste complet, il s'engage dans le combat de la reconnaissance du génocide arménien, toujours d'actualité et sous le joug d'un négationnisme virulent. Pourtant, sans reconnaissance de ce que l'on a subi, aucune réparation n'est possible et la résilience en est tout autant retardée. Les Arméniens sont donc des « vivotants », en attente d'un statut de victime qu'on leur refuse.

Hier encore, je mangeais des graines de courges affalée sur un lit baldaquin, disposé sur la terrasse d'une villa de Palm Jumeirah, devant une piscine à débordement surplombant la mer déjà à mes pieds…

Hier encore, j'avais l'illusion de mener la grande vie.

Hier encore, j'étais une chrysalide sous la protection d'un cocon.

Hier encore, j'étais dans un monde où le monde n'atteint pas le monde.

Hier encore, je foulais la plage au sable chaud, presque habituée à contempler l'horizon de l'Atlantis, du Burj Al Arab, la démesure de l'argent qui est bien la liberté du moment.

Hier encore, j'oubliais cette année improbable.

Hier encore, j'observais ces riches qui se prélassent d'ennui et je faisais un bout de chemin avec eux.

Hier encore, le Coronavirus n'était plus qu'un souvenir.

Hier encore, j'avais retrouvé mes 20 ans.

Aujourd'hui, il me faut déjà quitter le soleil.

Aujourd'hui, il me faut retourner en prison.

Découvrir la nouvelle souche. Enfin, pas si nouvelle puisqu'on nous prédit le Covid-21 depuis des mois. C'est juste un bébé prématuré trop pressé d'être au monde, un bébé désiré puisqu'il a été programmé…

Aujourd'hui, je pleure Claude, le dernier des éléphants.

Aujourd'hui, je ne mène plus la grande vie.

Demain, je gaspillerai encore mes neurones à des questions sans queue ni tête.

Demain, il me manquera toujours la reconnaissance de la souffrance, le déni de l'autre pour avancer soi.

Demain, j'aurai de nouveau envie de crier au monde mon exaspération.

Demain, je parlerai aux moins de 20 ans d'un temps qu'ils ne pourront pas connaître.

« Dis à Lucullus que je ne dînerai pas chez lui ce soir. »

J'ai choisi de customiser légèrement l'expression mythologique « Lucullus dîne chez Lucullus ».

Lucullus, général romain, vivant au 1er siècle av. J.-C., brille davantage par ses penchants gastronomiques que par ses capacités à conduire une armée de soldats. C'est le gastronome romain par excellence. Une vie de déboires qu'il agrémente grâce à l'argent et les festins raffinés qu'il a l'habitude de se préparer, seul chez lui, sans recevoir aucun invité. C'est pourquoi on parle aussi de repas de Lucullus, pour signifier un plat pantagruélique. De Pantagruel, le père de Gargantua et pas Gargamel, *Rabelais-vous*...

Je ne suis pas une Lucullus...

Je ne sais pas m'alimenter moi-même, au sens littéral du terme comme au figuré.

Je ne sais pas me nourrir des évènements positifs de ma vie.

J'en produis du carburant à cellules grises.

J'en développe du stress, doublé d'un syndrome de l'imposteur.

Je suis un robinet qui fuit.

Je ne sais pas être une mère nourricière pour moi.

Je ne sais pas m'aimer.

Je ne sais pas m'encourager.

Je ne sais pas recevoir sous la couche du derme.

Je ne sais pas me satisfaire.

Je suis obligée de prendre les encouragements du monde pour un temps indéterminé, comme un compte à rebours, comme un médicament qui n'agit que temporairement.

Je ne parle que de liberté, mais je suis comme un nourrisson qui demande au monde de l'élever.

Je ne parle que de liberté, mais ma seule liberté, c'est d'en parler.

Quand je prends les bouffées d'amour des autres, c'est pour me sauver du vide, avec l'attachement de ceux qui croient à ma place.

J'essaye de m'aimer à travers leurs regards, je m'accroche à leur bienveillance.

Je ne lâche jamais leurs mains qui me tiennent.

À défaut de savoir me veiller, je m'en remets à eux.

Eux qui voient en moi ce que je ne verrai jamais.

Moi qui pourtant sais voir tant de choses.

Moi qui ressens à l'infini.

Moi qui ne connais pas la douleur tendre, j'ai besoin des autres plus que quiconque…

Malgré mes grands airs de fille libre et antisystème.

« L'être vivant est surtout un lieu de passage,
et l'essentiel de la vie tient dans le mouvement qui la transmet. »

Henri Bergson est un philosophe français de culture juive du 20ᵉ siècle. Il aime à penser sur le temps, sa structure, sa durée et sa « spatialisation » dans une logique vitaliste. Sa pensée est centrée sur la métaphysique et non sur la morale.

Le retour en France n'est qu'une douche froide, à l'image des arrosages désinfectants à l'entrée des hôtels de Dubaï, sauf que maintenant la sensation reste imprégnée, clonant chaque pore de ma peau réceptacle.

J'étais comme en permission quelques jours, et me voilà de retour dans ma prison, qui dure à présent aussi longtemps qu'une gestation humaine. Quand est-ce qu'on accouche ? Si je suis un lieu de passage, j'ai dû alors ramener des parasites, qui tiennent à la vie de leur hôte, eux, les futurs rois du monde. Quoi qu'il en soit, je suis toujours « Covid free ».

Je ne pense qu'à repartir, sans me repentir de cette soif de liberté.

Je suis passée chez mon frère, François, à Blois dans le Loir-et-Cher avant de rentrer à la Grande-Motte. Blois versus Dubaï, le contraste est trop lourd pour un cerveau ritualisé comme le mien. Alerte rouge.

Mon frère et moi partageons un balbutiement similaire de vie. Celui du père qui n'a pas reconnu. Le sien s'est révélé dans le monde professionnel du tennis et le mien dans celui du football. Quitte à choisir un homme pour concevoir, autant qu'il ait certains atouts physiques, paraît-il… Oui, « elle a fait un bébé toute seule », parce que « les Papas n'étaient plus à la mode », comme disait la chanson. Pourtant, chaque fois que je croise une petite fille au bras de son père, une flaque visqueuse se forme en moi et me brûle le ventre. J'ai appris à brûler souvent à l'intérieur, sans rien laisser paraître. Les chansons ne racontent pas tout…

Mon frère ne porte pas en lui le poids d'une « zébritude » mal canalisée. Celle-ci n'étant pas issue du côté maternel, elle a exalté toute mon enfance, ma sensation de vilain petit canard dans la minuscule sphère familiale de ces gens, à l'esprit commerçant plutôt que paysan, qui agissaient beaucoup en pensant aussi peu qu'il fallait. « Faut vous dire, Monsieur, que chez ces gens-là, on n'cause pas, Monsieur, on n'cause pas, Monsieur, on compte. » Toujours une chanson qui vient se mêler à la roue de la vie…

De ces bases-là qui auraient pu nous rapprocher, nous nous sommes construits à l'opposé. Tandis que je décortique tout à m'en faire mal, que je suis l'ouragan qui ne connaît aucune échelle dans la douleur, qui frappe au hasard, lui reste à la surface des choses, tel un lac qui embourbe une vase bien enfouie à ne surtout pas remuer. En ouragan qui se respecte, je tente de devenir un gyre océanique venu phagocyter ce plan d'eau sans soubresaut dans l'espoir vain de brasser cette vase. Mais celle-ci est condamnée à redescendre doucement dans les limbes des non-dits. Je me demande si, à force d'amoncellement, les lacs peuvent toujours faire l'inventaire de leur fond.

Nous sommes partis le 24 au soir en direction du Sud, lui chez sa mère, moi impatiente de retrouver Minette.

La neige est venue troubler la trêve hivernale du lac et de l'ouragan. Seuls au monde, mais équipés d'eau, de madeleines et de chauffage, tout ce qu'il faut, en somme. Nous étions préparés pour une nuit de Noël dans la voiture. Nous avons fini par dépasser la saleuse. Finalement, la neige a fondu dans le lac. L'ouragan a brassé du vent. Ce faisant, nous étions à bon port.

Minette m'attendait à la porte, pimpante et tempétueuse à l'image de la vie qu'elle a toujours connue.

Il est temps de faire le bilan... Le bilan du temps qui passe et qui fait la jonction du passé vers le présent derrière lequel on court toujours.

Derrière moi, je laisse le sourire du prince Al Maktoum, placardé sur des tours qui brillent la nuit comme des pistes d'aéroport. Je laisse aussi des restaurants ouverts, luxueux, où les serveurs sont parfois plus nombreux que les clients. Des bars aux lumières savamment tamisées où les poissonnières dans mon genre se cassent la figure, creusant ainsi le fossé avec les grandes gigues qui ne jurent que par leurs talons aiguilles.

J'essaie alors de tartiner mes synapses de cette leçon de vie que je reçois sans cesse, mais que je laisse échapper à vau-l'eau. Objectif : en imprégner mon code génétique.

Faire confiance à ce qui m'attend.

Faire confiance à ma personnalité.

Faire confiance à ma capacité à compenser.

Me faire confiance...

29 décembre 2020

« *Mon épée de Damoclès, c'est moi, partout, tout le temps.* »

Damoclès, c'est un peu l'ancêtre d'Iznogoud, en moins arriviste et moins arrogant, mais tout aussi enclin aux flagorneries condescendantes. Le Tyran de Syracuse, Denis l'Ancien, qui a compris le petit manège de celui-ci, lui propose sa place le temps d'une journée. Damoclès aperçoit alors une épée suspendue sur sa tête, qui ne tient que par un crin de cheval. Il réalise alors les écueils de cette vie qu'il convoite. Par extension, une épée de Damoclès signifie un danger imminent qui nous guette.

De ma mémoire qui flanche sur mon enfance, je n'oublie rien des ressentis, de ce que les gens ont représenté pour moi. Ma liberté, c'est mon curseur pour l'équilibre. Quand on est différent, depuis toujours, savamment incompris et rejeté, on s'accroche à ces moments rares, on griffe la bouée quitte à la percer.

Dès les prémisses de ma socialisation, j'ai cherché cette liberté comme on cherche de l'air. La liberté de sortir de l'école, la liberté de s'isoler, la liberté de façonner, de fignoler, de polir sa bulle, la liberté de lire en me plongeant dans la tête d'un autre. La seule projection pour tenir, étirer son cocon, quitte à s'anéantir dans son isolement. La respiration des autres, elle m'étouffait.

En maternelle et primaire, je ne mangeais que du pain et ne buvais que de l'eau. En plus de mes biberons de lait la nuit. Tous les midis à la cantine, je rencontrais la guerre de la misère humaine. J'aurais pu aussi dire : « pas de haricots, pas de sortie ! », déclinable à tous les aliments.

Le deal paraissait simple : une bouchée contre la grande récréation du déjeuner.

Goûter, juste goûter... Combien de fois dans ma vie ai-je entendu ce mot. Aujourd'hui encore, lorsque quelqu'un insiste pour que je consente à défier l'inconnu des saveurs, une colère voilée, venue de ces temps lointains où il fallait sans cesse se défendre, me monte aux papilles. Je refuse plus ou moins poliment, jusqu'à ce que l'imbécile du moment se lasse. Avec souvent les mêmes postulats sans queue ni tête du genre : « Tu ne sais pas ce que tu loupes. » Et cette réponse toute faite assez cinglante qui clôture en général le débat : « Je loupe juste un mauvais moment en perspective, mais je m'aperçois que tu t'en donnes à cœur joie pour le compenser. »

Hier, à l'instar d'aujourd'hui, je déroule le tapis rouge à la liberté. Et je ne cède pas.

Maintenant, j'ai quelque peu diversifié mon alimentation. Néanmoins, je mange aussi simplement que la cuisine française est recherchée. Pas de sel, pas de poivre, pas de sauce, pas de mélange ni cette ribambelle de plats que je ne goûterai jamais et qui feront la déception des autres, sauf la mienne... « Dis-moi ce que tu manges et je te dirai qui tu es. » Eh bien moi, je suis sans filtre et sans fioriture. Et j'emmerde le monde et ses mets sophistiqués, et aussi les gens qui savent ce qui est bon pour moi.

Il en a pourtant fallu du courage pour dire non à ces cantinières d'un autre temps et supporter leur regard désobligeant et ce mépris fustigeant à mon égard. Il faut dire que leur insistance était à l'égal de leur connerie. Car la perspective de la récréation n'a jamais été une carotte alléchante.

Je n'attendais qu'une chose, qu'elles finissent par m'oublier, percluse dans mon coin, devant mon écuelle, observant dubitativement ces grumeaux nourrissants qui collaient à la fourchette, celle avec laquelle je partageais ce moment de complicité solitaire, que ni elle ni moi n'avions instauré dans ce monde à subir, et que j'accompagnais par politesse dans son labeur suffocant.

Après de longues minutes, dans un silence contrôlé, je détendais enfin mes jambes, avachissais ma scoliose sur mon tabouret et plongeais en eau profonde. Parfois, les marâtres, impuissantes et revêches, se souvenaient que j'étais là. On ne demande pas à un soldat du front de colmater sa tranchée. Cette nourriture dans mon assiette, c'était ma tranchée et jamais ma trachée.

En grandissant, j'ai contourné cette fausse bienveillance pour éviter d'être jetée en pâture quotidiennement. Alors, c'était moi qui jetais la nourriture par terre en prenant soin de ne jamais la toucher avec mes doigts, ou bien qui l'emportais dans la serviette de table pour la faire disparaître. J'ai pris l'habitude de tricher avec la vie jusqu'à ce que l'autorité me survole définitivement. À 8 ans, j'ai donné une claque à ma maîtresse. La privation de récréation a été une fois encore la punition sourde des aveugles qui ne détectaient rien, à part une petite fille née d'une famille monoparentale avec une mère qui galérait.

De mon enfance, je ne retiens que ce retranchement permanent, ce qui-vive, cette défiance.

Se défendre toujours, contre les grandes personnes pour ne pas céder, refuser de faire ses devoirs, ne pas écouter, casser ses

stylos, pour affirmer son profond ennui et tenter de se construire avec ce qu'on est.

Se défendre aussi contre la violence des enfants qui sont les
pendants miniatures des adultes abusifs, sauvés provisoirement
par leur enveloppe douce et soyeuse.

Se défendre contre les prédateurs qui aiment les petites filles
fragiles et isolées. Les signes étaient là, reconnaissables entre mille.

Si quelqu'un les avait vus.

Si quelqu'un m'avait sauvée.

J'aurais cessé d'être cette enfant qui ne survit que par sa déstructuration !

Janvier

Le mois des éternels vœux de « bonne année » auxquels on n'échappe pas en 2021. Les codes ont la vie souple.

La saison des arbres décharnés et désossés qui rappellent la terreur d'un corps amaigri et qui fait aimer la douceur d'une rondeur. Aimer la vie, la nourriture, l'énergie calorifique. Oublier la froideur de la perfection.

Le début d'un spectacle orchestré par la nature. Parade nuptiale des flamants roses sous le ciel de Camargue, teinté du rouge des poussières désertiques. Versus cyclones, ouragans, typhons, d'une terre qui remet les pendules à l'heure. Le grand Reset cosmique...

> *« Ils étaient cœurs serrés oui face aux tortionnaires,*
> *ils étaient cœurs d'œillets, des fleurs face aux fusils,*
> *à nos cœurs endeuillés nous pleurons nos amis. »*

Damien Saez est un chanteur-compositeur, joueur de piano, militant et engagé notamment sur des sujets se rapportant à la société de consommation, aux violences policières, au terrorisme. Il fait souvent le choix de la provocation sur la pochette de ses albums.

En cette nouvelle année qui commence aussi mal qu'on pouvait s'y attendre, la tuerie du Bataclan est revenue me hanter tout au long d'une nuit de passage sur le fleuve du Styx bien endeuillé.

Ce matin, j'ai envie de serrer dans mes bras nos rescapés du massacre, ces gueules cassées, ces paralysés, défoncés, massacrés, inconsolables. Par extension, j'ai également envie que l'on retrouve cette même force qui a jailli de nous de les avoir perdus, lorsque cette guerre du terrorisme nous est tombée dessus. Car sous toutes ces horreurs, il y avait de la beauté, sous tous les malheurs, il y avait de la bonté. Émanant de ce virus, je ne vois rien d'autre que des ours qui se terrent, des machines à soldats qui obtempèrent. Je ne vois rien d'humain, je ne vois pas d'espérance.

Dans les pleurs du Bataclan, il y avait du courage, des convictions, de l'amour, de l'envie. Dans les pleurs du Covid, il n'y a que défiance, abandon, délation, mépris, déraison.

Finalement, nous ne savons même plus faire la guerre.

« Ne combattez l'opinion de personne ; songez que, si l'on voulait dissuader les gens de toutes les absurdités auxquelles ils croient, on n'en aurait pas fini quand on atteindrait l'âge de Mathusalem. »

Arthur Schopenhauer suit une formation de médecin avant de devenir philosophe et enseigne une philosophie dans sa forme pratique, une « science du monde ». Dans son livre, *L'art d'avoir toujours raison*, il livre trente-six stratagèmes pour contrer les arguments d'un interlocuteur et convaincre l'opinion.

Les restaurants n'ouvriront pas le 20 janvier, RTL vient de nous confier la primeur de cette information. Il faut dire que nous n'étions pas vraiment dupes de cette date-supercherie, mais il vaut mieux lâcher le morceau largement en amont pour espérer une rumination silencieuse.

20 janvier, un mercredi. Qui pense sérieusement à ouvrir un restaurant le mercredi ? Le jour des enfants, le seul jour de la semaine où l'on navigue à vue, le week-end étant trop loin pour y songer et l'énergie du début de semaine déjà effilée. À croire que cette date a été brandie sans réfléchir, comme un Don Juan qui se défile en promettant à une groupie de la revoir. Pas de regret, tout était écrit d'avance.

Autre thème de ce début d'année : le vaccin !

Je préfère vous le dire tout de suite, mon carnet de santé ayant été trafiqué dès la naissance, je n'ai jamais été vaccinée.

J'en profite pour rendre un petit hommage à Philippe, ce cousin médecin au physique engageant, coureur de jupons écorché vif, qui a choisi de quitter ce monde en toute connaissance de cause.

J'ai bien conscience que je bénéficie de l'immunité collective, je ne suis pas anti-vaccin, mais forcément, mon approche y est moins conventionnelle.

Néanmoins, je sais comment le vaccin de la grippe est fabriqué chaque année au hasard des souches qui ont circulé dans les contrées reculées de l'hémisphère sud. Que la mise est la bonne certaines années, d'autres non. Le vaccin de la roulette du casino : faites vos jeux, impair, passe et manque ! (Ah non, Anne-so, les casinos sont fermés et soit dit en passant, l'expression est inexacte, passe et manque n'étant pas compatibles !)

Ou, pour faire plus simple, le vaccin du petit bonheur la chance, même si beaucoup prétendront le contraire.

Que cette France administrative soit la risée du monde au sujet de sa lenteur, cela me semble plutôt cohérent au vu de ses performances de l'année passée. Quoi qu'il en soit, ce vaccin n'est qu'un effet d'annonce, pour empêcher la population de se rebeller, pour la diviser ou l'alimenter en discussions de comptoir, et... pour enrichir les laboratoires et les grands de ce monde. Dangereux, je ne sais ; inefficace, c'est certain.

Quant à moi, je me suis mise en mode « ne pas affronter les autres, accepter là où ils en sont, entendre et comprendre leur peur ». Alors je revois mon discours et j'essaie de créer une bulle de cohérence autour de moi sans m'offenser de ceux qui se conforment aux idées tendues de toute part plutôt que de chercher la vérité.

Le 20 janvier, c'est aussi le jour où je devais théoriquement signer en bas de la dernière page de ce petit traité. Je la voyais déjà, cette orgie gastronomique dans ce restaurant où j'aurais balancé les pages dansantes de mon manuscrit achevé au beau milieu des clients affamés de liberté, après avoir bu quelques verres pour m'encourager dans cette performance de comédienne à dessein promotionnel.

J'avais vu les choses en grand, surtout pour mon estomac… Et puis RTL m'a remis sur les bonnes ondes. Celles de la frustration. Radio Gaga !

Dorénavant, mon journal va passer en format hebdomadaire, pour plus de recul, se projeter un peu plus loin. Ce n'est pas que je m'ennuie en votre compagnie distanciée, car mon cerveau ne m'a pas appris ce genre de vide, mais j'ai aussi d'autres projets qui viennent s'amarrer dans ma tête !

14 janvier 2021

> *« On ne saura jamais ce qu'on a vraiment dans nos ventres,*
> *cachés derrière nos apparences, l'âme d'un brave, d'un complice*
> *ou d'un bourreau, ou le pire ou le plus beau. Serons-nous de ceux*
> *qui résistent ou bien les moutons d'un troupeau,*
> *s'il fallait plus que des mots. »*

Jean-Jacques Goldman, le «presque tout dernier» des Mohicans de nos chanteurs vedettes, à la carrière magistrale, toutes générations confondues. Engagé caritatif, père de six enfants, il vit retiré de la vie publique, mais continue à écrire et composer pour d'autres artistes.

Quand je suis en haut de moi-même, dans mon euphorie de l'excès, dans ma bipolarité autistique, je ressens presque une joie soudaine de cet accès qui m'est donnée à survoler l'époque dans laquelle nous vivons, de pouvoir observer et analyser cette humanité tout entière, sous le joug d'un même mal, de pouvoir constater ses débordements, ses fuites, sa défense, son adaptation légendaire.

Mon euphorie soudaine de la vie, c'est un cœur d'artichaut qui s'emballe et s'enfile les hormones du plaisir comme du petit lait ! Alors ça monte, ça monte, parfois tellement haut que plus personne ne peut me suivre. S'ensuit la fracture avec l'autre et la dislocation de moi-même. Mais dans ce moment de grâce aux lourdes conséquences, j'ai un accès privilégié aux perceptions, un accès exacerbé aux sensations.

S'ensuit la solitude d'être si peu comprise. La descente est alors vertigineuse, les hormones font la grève et mon cerveau les supplie. Le sentiment d'injustice refait alors surface, l'injonction de se sentir vivante pile au moment où les autres ne peuvent plus vous atteindre. C'est comme d'arriver à une fête où tout le monde décide de s'en aller.

De voir l'humanité dans son ensemble, de coloniser l'intimité de mes concitoyens en cette période fabuleuse, historiquement parlant, me redonne parfois de la passion !

Cette pandémie, c'est l'occasion de devenir la meilleure version de soi-même, le résistant qu'on n'aurait jamais dû être. Dans cette vie qui passait sans accroche, sans tumulte, que rien ne prédestinait à cet effondrement soudain, à l'échelle internationale.

Cette pensée m'effleure parfois, puis elle se recouvre de terre et je ne parviens plus à la retrouver, à m'en inspirer... Notamment quand le couvre-feu est avancé à 18 h. Mais qui sait si le « Mistral ne sera pas gagnant » et que le vent ne m'emportera pas au-delà de mon camp.

« *Pygmalion et Galatée, lorsque rêver sa vie nous ramène aux portes d'un idéal.* »

Pygmalion, célibataire endurci, sculpte Galatée comme on se forge une âme sœur. Fou d'amour et malheureux comme la pierre, il implore Aphrodite de donner vie à sa création, ce à quoi elle consent. Les deux amoureux sont enfin réunis dans la vie réelle. La légende ne dit pas si la représentation idéale de Galatée s'effrite au fil des années. Peut-être que Pygmalion s'arrange avec ses défauts, acceptant les compromis qui, à leur tour, se parent des plumes de la compromission…

L'ombre du confinement est à nos portes.

L'annonce en semble imminente,

Les drones patrouillent au-dessus de nos têtes.

Pendant ce temps, je peaufine mon quotidien.

Je nettoie mes armes,

Vérifie mes munitions.

Dressant la check-list du mode survie,

Je stoppe les regrets d'une vie mal préparée.

Je vais faire avec ce que j'ai, l'idée étant toujours survivre…

Je m'accroche à d'autres plaisirs.

Je régresse amoureusement parlant,

Retombe en dévotion des ocytocines,

Addict aux émotions, à la passion, à la folie sinon rien,

Profondément ennuyée par l'amour,

Car l'amour c'est ce qu'il reste quand les hormones se sont régulées,

Sans vibration, sans morsure, sans papillons dans le ventre,

Moi je veux les râles, les rugissements, la dégringolade en cascade.

Je me fous de l'amour.

Je l'échange contre le remue-ménage dans mon cerveau,

Je l'échange contre une représentation d'un idéal masculin, un Pygmalion tombé du ciel,

Qui prendrait vie, juste quelques secondes.

Foutez-moi la paix avec votre enracinement, vos couples qui durent, vos familles qui tiennent par des échafaudages bancals.

Je vous plains de n'avoir jamais laissé l'excès prendre toute la place.

Je vous plains de ne pouvoir partager ma soif d'absolu.

Je vous plains de ne jamais vous élever dans le ciel de l'infini, ma mesure temporelle.

Puis la chute, une chute fulgurante, me ramène à moi-même et aux autres... Dans ce monde à l'exiguïté grandissante.

30 janvier 2021

*« Le mal est plus fort que l'amour, l'amour est plus fort que le mal.
Et ainsi à l'infini. Ce déchirement ne pourra jamais être recousu. »*

Vladimir Jankélévitch est un philosophe du 20ᵉ siècle qui pratique avec délicatesse et subtilité l'ironie. Il sait manier le silence des mots qui veulent dire beaucoup. De confession juive, il évoque régulièrement le thème du pardon considérant l'épuration des juifs. Il entre en résistance durant la Seconde Guerre mondiale et est blessé au combat.

En direct de « chez Pastèque », pas de confinement en perspective. Grosse surprise à laquelle personne ne s'attendait. Il faut dire que l'on a été abreuvé de scoops, d'avant-premières, d'indiscrétions, allant dans le sens du serrage de vis.

Mais « Manu » adore nous faire tourner en bourrique et a très bien joué son coup de communication. Il ne se donne donc pas la peine de s'exprimer et laisse son Arlequin à la tête dodelinante et à l'accent caricatural (attention flagrant délit de glottophobie, qu'est-ce que je risque ?) nous fixer les grandes lignes de ce nouveau rien. Mais il s'arrange pour que tout le monde sache qu'il a agi dans l'ombre, seul envers et contre tous, 2022 approche à pas de loup.

Le résultat ne se fait pas attendre. Je vois surgir une foule de remerciements à son égard. Nous ne sommes plus 66 millions de

121

procureurs, nous sommes 66 millions d'otages, atteints du syndrome de Stockholm. Non seulement nous pardonnons, mais nous adhérons, pire, nous en voulons encore ! Comment est-ce possible ?

Certes, nous sommes pleinement dans une forme inauthentique du pardon, comme le disait Jankélévitch, due à l'usure du temps, la lassitude, l'érosion de l'être. Car le mal, ça use, et le pardon, c'est son travail d'endormir le mal. Due aussi aux excuses que les Français aux valeurs morales obsolètes et périssables continuent de trouver aux hommes politiques.

Ce faux pardon évidemment chargé de ressentiment, comparé au vrai pardon « scandaleux d'une générosité infinie ». Mais qu'importe, il permet au coupable de s'en sortir, sans expier sa faute, sans repentir. À moins que « Manu » ne se retrouve cloué en place publique et cerné par la peur, la question de l'imploration du pardon ne se posera jamais... Il gagne donc sur tous les plans, le temps est son allié, le manque d'éveil intellectuel de ses concitoyens, sa marche pour avancer.

Passons à autre chose, la justice des hommes est trop vacillante pour une réparation honorable des préjudices subis. Il va falloir ronger son frein.

Organisée comme je le suis, je devrais encore une fois passer entre les gouttes du désespoir sans retour. Confinée ou pas, j'ai trouvé mes repères, dans cette nouvelle vie. Je ne m'y habituerai jamais, mais je crains tellement l'adaptation de la masse que je ne peux me projeter sur un après qui ressemblerait à l'avant. Alors je picore et j'amasse pour faire mes réserves de liberté :

— Amant au singulier tel un bonbon à croquer : mes ocytocines se ramassent à la pelle.

— Courts de tennis privés avec partenaires à la clé pour la socialisation de mes endorphines.

— Salle de musculation clandestine, adrénaline de l'interdit. Sans compter les dragues à deux balles, devenues repères de l'ancien monde et qu'on n'a pas envie de désavouer en ce moment.

— Un entourage proche resserré pour le dépaysement, gossip, blagues et résistance.

— Minette pour l'amour, le vrai.

— La plage pour voyager dans ma tête.

— Du vin pour oublier… Avec modération… Je plaisante, quel mot détestable.

Au prochain confinement, je me trouve un restaurant clandestin et j'organise des speed datings !

Février

Les arbres aux écorces pelées, sans couvre-lit, souffrent de ce mois court et à la fois interminable, dans cet hiver qui ne finit jamais.

Tantôt recouvert par la neige qui s'invite dans les stations à demi-mortes, tantôt lisse comme la pierre, sous le brouillard des entrées maritimes.

Sans horizon, il ne reste plus qu'à scruter le sol. Les orchidées sauvages sortent la tête du lot, jalousant cactus et plantes grasses, increvables arrogants.

Les animaux ont creusé sous terre, nous abandonnant à notre sort.

Il y avait bien ce sanglier qui cherchait l'affection… Mais il ignorait la bêtise des chasseurs aux neurones imbibés, dès l'aube, à la virilité, de tout temps, défaillante. Lui ne sera pas mis en terre, en trophée des perdants.

L'homme est un loup pour l'animal.

Le virus est un loup pour l'homme.

La prédation est respectée.

« *Il m'en coûte moins, à tous les sens du mot, d'encourir la sanction de désobéissance à l'État, qu'il ne m'en coûterait de lui obéir. J'aurais l'impression, dans ce dernier cas, de m'être dévalué.* »

Henry David Thoreau, philosophe américain du 19ᵉ siècle, est le Pape de la désobéissance civile. Pacifiste, iconoclaste, amoureux de la nature, il est l'inspirateur de Gandhi et Martin Luther King dans leurs actions contre la ségrégation raciale.

J'ai du sable sur mon pare-brise,

Du sable que le Sahara a bien voulu ramener,

Pour un peu d'espoir de voyage.

Alors aujourd'hui, en ce jour couleur sépia, j'ai décidé de partager cet espoir, à ma manière.

Offrir mon sourire dorénavant à tous les gens que je croise dans la rue sans masque.

Naturellement, je donne le bénéfice du doute aux gloutons et aux fumeurs.

Tout en continuant de chercher l'or du temps,

Bénissant ce message ensablé,

Signe que ma quête est saine.

Je suis parée pour que ma vie ait lieu,

Parée à l'étincelle, au feu intérieur,

Parée pour la désobéissance civile.

Cette réponse aux lois scélérates d'un État corrompu,

Qui se transforme en devoir lorsqu'un gouvernement n'est plus en mesure de garantir sa propre loyauté.

Un devoir qui n'est pas une option d'honneur,

Un devoir d'appartenance qu'il faut aller puiser dans notre histoire, notre inconscient collectif.

Puisque nous sommes construits sur un tapis de velours matelassé qui ne connaît pas les écorchures de la résistance.

Il faut se retrousser les manches, tendre à la désobéissance civile, pacifique, quotidienne, symbolique et collective.

Car marginalisée, elle ravive la peur du troupeau et ses actions isolées étouffent la révolution dans son œuf.

Pour une émulation salutaire, il faut organiser, structurer, consolider, anticiper.

Se mettre ensemble et parer aux conséquences, philosophiques, psychologiques et juridiques.

S'il y a eu des black-block assignés par le gouvernement pour décrédibiliser les gilets jaunes dans les manifestations, il y aura aussi des « blacks maquis » de la désobéissance civile, pour surveiller, discréditer, détruire.

Quand le temps sera venu… Alors, soyez vigilants. Pas de brebis galeuses dans les rangs de la liberté.

14 février 2021

« *Il n'y a de fusion complète avec personne, ce sont des histoires qu'on raconte dans les romans – chacun sait que l'intimité la plus grande est traversée à tout instant par ces éclairs silencieux de froide lucidité, d'isolement.* »

Nathalie Sarraute est une femme de lettres française, d'origine russe. Abandonnée par sa mère, elle est élevée en France par son père et sa belle-mère dans un univers artistique et littéraire. Amoureuse des mots, elle est à l'origine du courant du « nouveau roman » qui se définit par une prévalence du contenu vis-à-vis de la forme et une déstructuration des codes établis traditionnellement. Il lui faudra deux ans pour qu'enfin un éditeur repère son premier ouvrage, *Tropisme*, qui ne trouve aucun écho public, à la veille de la Seconde Guerre mondiale.

14 février.

Comme un regain de Saint-Valentin, une lointaine fête libertine ! Ah, sacrés Romains, eux savaient s'amuser pendant les Lupercales et Bacchanales (parole de jouisseuse) !

Tous les projecteurs sont braqués sur cette fête précédemment « has been », qui ne tenait jusqu'ici que par la peur de mal faire, de ne pas faire, la peur d'une scène de ménage, d'une nuit désœuvrée sur un canapé, provoquée par une femme simplement pas assez chouchoutée le reste de l'année.

Mais la Saint-Valentin 2021, elle est carrément tendance. Commercialement et « Covidement » parlant...

Alors les dépenses vont bon train, il faut bien faire quelque chose de toutes ces économies de liberté.

L'originalité est de mise, exacerbée par la motivation des concernés, enjolivée par le mercantilisme fort bien excusé des hôtels, des restaurants, qui en ont fait l'évènement de l'année. Au cas où...

La symbiose porte ses fruits...

Les stories des réseaux sociaux ne sont plus que cœurs gonflés d'appétence, pétales de roses savamment constellés tel un chemin étoilé, champagne prometteur de nuits fadement endiablées, fleurs fraîches à peine fanées, chocolats culpabilisants déjà agrippés aux hanches dégoulinantes, mots d'amour à profusion avec ou sans fautes d'orthographe... Ils ont le mérite de s'accrocher, de raccrocher, ces couples qui restent, ceux qui n'ont pas encore renoncé, envoyé tout balader, divorcé, sauté le couvre-feu comme on saute par la fenêtre...

Et puis il y a les intemporels célibataires, ceux dont cette date, habituellement insignifiante, ravive l'impuissante double impasse dans laquelle ils se trouvent.

Car cette année, la vie des cœurs à prendre a bien changé.

Pas de paillettes, de début prometteur,

Pas d'enrobage ni de romantisme,

Juste une logistique aberrante et décourageante...

Où et comment se rencontrer ?

À quelle heure ?

Comment ne pas rester bloqué à 18 h avec un inconnu que l'on a soudain plus envie de connaître ?

Des exigences émoussées au fil d'un couvre-feu qui devient la norme...

Une logistique dangereuse aussi... Belle porte ouverte aux prédateurs...

Toutes ces filles qui habituellement sécurisent leurs premières rencontres dans des lieux publics, celles qui veulent prendre leur temps, écouter leur tête en parlant à leur corps, ne sont-elles pas les victimes oubliées du totalitarisme ambiant ?

En parallèle, les histoires d'incestes et de viols jalonnent notre actualité, pendant que justement, au même moment, des femmes se rabaissent à la médiocrité du possible, se violant un peu elles-mêmes, dans cette société consentie au silence. Car depuis bientôt un an, pour continuer à vivre, ne faut-il pas se brader un peu ? N'est-ce pas finalement libérer la parole d'un côté pour la museler de l'autre... Pendant que nous cédons au divertissement que l'on nous propose – tout aussi salvateur qu'il soit pour les victimes enfermées dans leur prison du secret – ceux qui gardent le cap de l'asservissement des foules sont toujours aussi déterminés, à la manière d'Ulysse à retrouver sa Pénélope. Oui, il fallait bien les caser quelque part ces deux-là, même dans le mauvais camp...

Bref, le 14 février, cette année, c'est le spectacle de la misère humaine, avec ses trop-pleins auxquels personne ne croit plus vraiment, mais qui rapporte bien, ses trop peu qui deviennent la norme, et ses trop déviants que l'on jette en pâture dans le tribunal médiatique.

« Si j'étais moins souvent associé à cette aventure de la déconstruction,
je risquerais en souriant cette hypothèse : l'Amérique,
mais c'est la déconstruction. Ce serait, dans cette hypothèse,
le nom propre de la déconstruction en cours, son nom de famille,
sa toponymie, sa langue et son lieu, sa résidence principale. »

Jacques Derrida est un philosophe français du 20e siècle. Éminemment connu, également outre-Atlantique, il est le fondateur de la déconstruction, celle-ci consistant en une lecture minutieuse, une lecture lisante, en un fractionnement de combinaisons de mots trop établis. Déconstruire, c'est détruire pour reconstruire.

Objet d'un complot à son retour d'un séminaire en Tchécoslovaquie, Derrida est emprisonné avec brutalité dans un cachot pour détention de drogue par les autorités. Pendant son interrogatoire, on lui refuse tout contact avec la France. François Mitterrand intervient en personne pour le faire libérer.

Ermite assidue, j'ai passé ma journée à l'extérieur, par la force des choses. Le bilan est passablement déconcertant, pour ne pas dire alarmant.

Tout a commencé par un décès inopiné sur un court de tennis. Le défibrillateur, ce robot artificiel impeccable, a joué son rôle, soutenu par des pompiers à la vocation intacte. Au second plan, des professionnels humains sur la mauvaise pente, en plein déraillement. Que reste-t-il de nos soignants ?

Murphy est en plein test de loi aujourd'hui et ce n'est pas un, mais deux accidents de la route qui ont tracé la mienne. Le premier, un carambolage sans blessé grave, entouré d'un attroupement de badauds pour du voyeurisme sans distanciation physique réglementaire, masques et autres panoplies à la mode. Nos instincts seraient-ils encore lucides ?

Puis quelques kilomètres plus loin, une voiture « fusée » en suspension sur la rambarde d'un supermarché. Décollage raté !

Comme les aventures par procuration, ça donne faim, j'ai terminé ma course dans ledit supermarché. J'ai pu assister gratuitement au spectacle « 3 engueulades chez Carrouf ». J'avoue ne pas avoir expressément compris la teneur de ce qui se jouait au milieu de ce microcosme de gens pressés et affamés. En tout cas, les féministes modernes ont dû avoir les oreilles qui sifflent, car les mots d'oiseaux ont déflagré l'air au-dessus des pauvres caissières.

À ce propos, j'ai lu récemment que même les insultes emblématiques « au lit » étaient contre-indiquées afin de préserver l'égalité homme-femme. Paix à ces âmes qui divaguent, dans cette époque aseptisée…

J'ai payé mon dû et filé à l'anglaise pour retrouver ma condition d'ermite, car la vie dehors fait encore plus peur qu'avant.

Pendant que les membres du gouvernement se prélassent sur les bancs de l'Assemblée, se demandant toujours combien coûte un pain au chocolat (pain au chocolat ou chocolatine, telle est la question et un sujet à leur hauteur), ils profitent des installations du fastueux restaurant mis à leur disposition. Dans ce lieu orgasmique où le commun des mortels les envie chaque jour davantage, ces grands privilégiés, détachés du monde, décident, la serviette au cou, entre deux lichées de vin (oui, il en reste encore depuis le pillage de de Rugy) de s'octroyer une augmentation « matérielle ». Sans doute découvrent-ils tout juste l'invention des ordinateurs pour ne pas les avoir achetés avant...

Le chaos arrive par la petite porte.

Ce beau pays que nous étions, avec cette culture à part, nous file entre les doigts. Pendant qu'en Asie, les mères tigres poussent leurs enfants à devenir des machines savantes, nous poussons les nôtres vers le néant dépressif. Pendant que l'avenir se décide à la Silicon Valley, dans l'est de la Chine, en Suisse et Israël, nous nous faisons écraser dans cette redistribution des nouveaux pauvres. Car il faut bien un quota de miséreux dans le monde, pour permettre aux riches de pérenniser.

Nous déconstruisons la France par petits bouts. Comme l'Amérique au temps de Derrida, obligée de déconstruire ses textes pour voler vers sa suprématie. Nous, nous démolissons allègrement, mais que reconstruisons-nous ? Au lieu de débattre sur la gangrène de l'islamo-gauchisme que personne n'est capable de définir de façon claire, devenons transparents, arrêtons la masturbation intellectuelle et sauvons ce qui peut encore l'être.

« La solitude n'apprend pas à être seul, mais le seul. »

Emil Cioran est un philosophe roumain ayant vécu en France. Il se définit comme un « penseur privé ». Il s'intéresse au néant, à la définition du vide et du rien, et de ce fait est souvent considéré à tort comme un nihiliste. Il a un rapport distendu avec le monde professionnel et critique allègrement le milieu académique. Il fait l'apologie de la contemplation, de la divagation et de la poésie.

Faire le deuil du grand amour à ses côtés, c'est difficile au fond, pour une hypersensible à l'appétence de l'amour, pour quiconque a grandi dans cet espoir. Abandonner cette représentation absolue, cette quête secrète du Superman, cet homme que j'ai façonné toute mon enfance, sans autre modèle que l'abstrait, avec mon cerveau sans brouilleur d'émotions et qui enregistre tout.

Pourtant, c'est l'ultime solution pour construire. D'après les autres.

L'ultime solution pour sortir de la solitude.

Il me reste peu de temps, paraît-il, comme une horloge biologique qui fait tic-tac.

Dix ans tout au plus, dix ans pour avoir le droit de choisir, dix ans pour adapter mon idéal à la réalité. Avant que ma vie ne me rattrape, que mon physique ne me lâche totalement.

Dix ans pour un destin louable, toujours d'après les autres.

Il est vrai que la solitude, c'est tantôt le cachot, tantôt la grâce, le cachot de supporter son errance, la grâce de se rencontrer soi-même. Plus le temps avance, plus la vie me prive de majesté amoureuse. Dois-je pour autant me ranger, laisser aller ma quête aux oubliettes ?

On a toujours les réponses à nos questions intérieures avant de se les poser. Alors oui, j'ai ma réponse. Je m'accrocherai à ma quête jusqu'au bout, car c'est la seule chose qui m'a fait survivre petite fille, et que son souvenir m'est précieux. Je n'ai pas envie de tester l'amour, je préfère sans doute rêver ma vie, c'est vrai. Rêver, contempler, plutôt que de me confronter.

Voilà bien ma limite. Je n'ai jamais aimé la vraie vie. J'ai passé plus de temps à imaginer qu'à vivre au présent. Parce que la réalité est décevante. Je ne suis qu'une rêveuse mourante. Alors non, je n'aurai pas d'amoureux comme les autres l'entendent, pas de grande maison ni de grande gloire, mais j'aurai eu toutes les vies imaginaires qu'on peut connaître…

Que fait-on des âmes rêveuses comme moi ? Des âmes à la ramasse dans des sociétés productives comme la nôtre ? Pas grand-chose, sans doute. Je confirme bien, je ne sers à rien ici-bas. Pourtant, ma souffrance vient d'ailleurs que de savoir que je suis inutile.

Mars

Mars, c'est une année qui s'achève,

Bien différente des autres.

C'est le feu qui brûle en nous,

Quand le soleil se couche à 18 h.

La soumission qui fait son lit.

Le printemps de la servitude.

Notre liberté cassée.

L'anniversaire du mardi noir.

Les hommes nés quadrupèdes, devenus bipèdes, finiront rampants...

« L'épopée de Gilgamesh ou la quête du sens de la vie. »

Distillée par un auteur inconnu au 18ᵉ siècle av. J.-C., en langue sumérienne sur des tablettes d'argile, cette légende s'inspire de Gilgamesh, roi d'Uruk en Mésopotamie antique, qui a réellement existé.

L'Épopée de Gilgamesh, c'est une histoire d'amitié amoureuse entre deux êtres, Gilgamesh et Enquidu. Après la mort de ce dernier, Gilgamesh se met en quête de l'immortalité afin de conjurer sa souffrance et la crainte de sa propre mort. Au bout de son odyssée, bardé de savoirs, il devient la meilleure version de lui-même, acceptant sa condition de mortel.

Lorsque j'ai vent pour la première fois de la légende épique de Gilgamesh, je suis joyeusement installée au milieu de la classe, en cours de « Mythology 101 ». À côté de moi, toujours serviable et débordante de vie, affublée de sa casquette « Yellowjackets » à l'effigie de la mascotte de notre université, j'ai nommé Wendy, ma plantureuse et charpentée « best girlfriend ever », reine du détournement d'attention et des anecdotes décalées.

Sa dernière en date et non des moindres, elle est tombée amoureuse de Katarina, du genre « Frida la blonde », ma « roomate ».

Mais le cœur de Katarina appartient à un autre. Elle est fiancée à Frantz, un Allemand tout ce qu'il y a de plus présentable, dont elle partage la vie depuis sept ans, lui qui languit son retour depuis le fin fond de la Bavière. Ma Frida préfère donc la montagne au « plat pays », ô grand Jacques.

En attendant des retrouvailles tant espérées, c'est dans le lit accolé au mien que Katarina s'endort le soir. Wendy profite alors de toutes les occasions possibles pour me solliciter dans sa quête amoureuse. Il faut dire que l'appui d'une Française alliée, héritière de l'indémodable « french kiss », semble être un atout non négligeable à ses yeux.

Comme j'adore la mythologie tout autant que les histoires d'amour impossibles, mon cerveau choisit d'imiter les dauphins en sommeil, à savoir un hémisphère dédié aux aventures de Gilgamesh, et l'autre aux espoirs teintés de catharsis de Wendy. J'ai mal à la tête entre la voix gutturale de Joy, le professeur de mythologie (oui, parce que là-bas, on s'appelle tous par nos prénoms), et le « verlan patois » de l'étudiante romantique. Mais je compatis avec toute l'empathie dont vous me savez capable.

Plus tard, je me rends compte que j'ai sous-estimé le potentiel de cette idylle, car au retour du « Spring Break », Katarina m'annonce, un brin gênée, qu'elle a largué son Frantz pour vivre au grand jour sa plus belle histoire d'amour. Avec… ma Wendy !

Changement de vie, coming-out dans la foulée et en grande pompe, Katarina et Wendy, c'est l'épopée moderne. La vie est ainsi faite que le conte de fées se prolonge par un mariage à Los Angeles, un voyage à Las Vegas, suivi d'une lune de miel à Cancún (bonjour les clichés, oui je sais ce que vous pensez), se soldant quelques années plus tard par un divorce (classique). Oui, parce que les contes de fées aussi ont une fin, et les dauphins qui ne dorment que d'un hémisphère en sont témoins… Quoi qu'il en soit, ma « Frida », elle, elle en avait dans le ventre !

Bref, pour en revenir à Gilgamesh, qui lui non plus n'était pas avare en prises de risques, il ressort qu'en Europe, nous ne connaissons pas bien sa légende, alors qu'elle fait partie des fondamentaux chez nombreux de nos voisins.

Gilgamesh, premier livre du monde, le premier écrit dans l'histoire de l'humanité. Et curieusement, on y retrouve déjà l'arche de Noé et son déluge sous les traits d'Uta-Napishtim. Mais l'histoire est la même, ce qui soulève des questionnements.

Vous me direz, les Américains qui la connaissent bien sont pourtant des religieux avertis. Donc la connaissance ne conduit pas toujours à la cohérence.

La mythologie, c'est la preuve qu'il existe une morale sans religion. « La secte qui a réussi[2] », c'est la béquille des faibles. Celle qui a servi les intérêts de ma grand-mère puis aveuglé ma mère.

Il faut avoir sacrément peur de la vie pour construire de telles murailles. Un peu comme ma représentation du mâle alpha, encore lui, ma béquille à moi. Ma croyance et ma faiblesse à moi.

Qui m'a permis d'aimer, m'a fait désirer, exalter.

En revanche, il m'a manqué des « guts » (du cran), je n'ai jamais mis ma vie entre les mains de quelqu'un, comme Katarina l'a fait, quelle que soit la finalité.

Je ne suis que l'ombre de ma bipolarité, parvenue à son seuil de compétence, dans une humble épopée à bâtir coûte que coûte.

Pour une vie remplie que je voudrais chargée de sens.

---

[2] Citation de Jean-François Kahn.

« Je ne suis pas responsable de mes psychatrices,
je suis responsable de ma réhabilitation. »

Chaby Langlois est un psychothérapeute, ayant développé le concept de « Psychatrices », des blessures d'enfance bien spécifiques, qu'il porte au nombre de sept. Pour chacune d'entre elles, il explique que notre « égo » joue son rôle de protecteur, en développant des « panoplies », c'est-à-dire des comportements défensifs, toujours présents à l'âge adulte, qui nous coupent de nos peurs enfantines au lieu de les soigner. Pour lui, un seul moyen « gratter les croûtes ».

Me vient ces temps-ci l'envie de prendre dans mes bras cette petite fille, celle qui est restée prostrée toutes ces années à mes côtés.

De tout reprendre avec elle, d'écouter ses peurs et la rassurer.

Et puis parfois, la psychose de calquer le schéma familial me transperce et me hante.

M'ôtant toute bienveillance à son égard.

Comme si un jour, j'allais me réveiller avec une autre personnalité.

Comme si on n'était jamais à l'abri de reproduire un modèle atavique, même en l'ayant combattu toute une vie durant.

J'ai vu ma mère lui résister pendant quelques années, puis s'y plonger avec une conviction inégalée, le rendant encore plus solide et destructeur. Un aimant, amant des abysses.

J'ai vu une amie chère s'y réfugier avec un aveuglement sectaire, alors que rien ne la prédisposait à une telle régression jusqu'alors. Son histoire m'a renvoyée à ma peur la plus grinçante, se perdre soi-même dans les posidonies ondoyantes de l'hérédité. J'en suis devenue irritable, car son cheminement me reflétait ma potentielle perte.

J'ai donc déversé mon « ego-furieux », ma panoplie contre la « psychatrice de la perte de confiance », la première de toutes, celle qui ravive le noyau de la peur.

Comme un terreau nocturne qui vient vous emporter au beau milieu de la nuit.

Les parcelles de mon être sont-elles bien à l'abri de toutes les attaques ? Se défendre tout en se libérant de ses peurs, c'est donc ça, ma responsabilité. Puisque seule la peur peut me faire devenir ce que je ne veux pas être.

16 mars 2021

> *« Tout est changement, non pour ne plus être,*
> *mais pour devenir ce qui n'est pas encore. »*

Epictète est considéré comme un maître stoïcien, tout en menant une vie d'esclave auprès d'un homme qui lui brise la jambe volontairement. On retrouve son enseignement grâce à son disciple Arrien, qui le consigne dans un guide pratique, *Manuel d'Épictète.*

Il fallait bien achever cette boucle sur un homme digne de ce nom, sur la raison d'être de la philosophie, l'apprentissage d'une vie juste.

Pile un an après le premier raz-de-marée de l'annonce du confinement, nous ne sommes plus que déchets humains. Nous avons tous perdu un peu de nous-mêmes dans cette bataille ubuesque, dans cette manipulation des consciences.

Il est venu le temps de la renaissance, tout au moins celle que le printemps nous offre dans quelques jours.

Se rapprocher toujours au plus près des philosophies qui donnent le « la » du mieux vivre, le stoïcisme, le bouddhisme, même s'il est plus facile de les vivre « à la carte » plutôt que comme un sacerdoce.

Apprendre à se détacher de l'égo, à se débrider du soi, à se défaire des autres sans pour autant les exclure, les aimer sans dépendre d'eux.

Apprendre à vivre au futur antérieur. Et au futur intérieur.

Penser à la mort tous les jours, qu'elle fasse partie intégrante de la quête, l'accueillir quand elle viendra nous prendre, y compris dans sa brutalité.

Apprendre à ne penser qu'au retour à la terre, rendre au monde plutôt que perdre.

Savoir que finalement, l'éternité, c'est ne pas être.

Vouloir quitter ce monde en paix, avoir fait sa part, ne pas revenir.

Apprendre à désespérer, car l'espoir, c'est la jouissance du rien.

Apprendre à créer, se sublimer dans les arts.

Apprendre à déchoir.

Épilogue

Ainsi s'achève le tome 2 des petits traités.

Merci infiniment de m'avoir lue.

Il m'a fallu du courage et de la peine pour parvenir au bout du bout, dans cette ambiance morose et propice à l'aliénation.

Je suis passée de la fulgurance, portée par le succès du Tome 1, au labeur d'une inspiration capricieuse, d'un moral fluctuant.

J'ai traversé l'orage des doutes, agonisante dans la course, mais sans jamais penser à l'abandon. Je crois tout simplement que je ne sais pas abandonner. Ni les gens ni les quêtes.

Puis je suis revenue à l'état de fulgurance pour franchir la ligne d'arrivée. Comme si de rien n'était.

Me voici à présent devant vous, mon radar émotionnel tenant sur le fil de ce livre.

Et comme il ne faut pas abuser des suites sans fin, des séries aux saisons sans scripts, des confinements qui ne servent à rien (ce n'est pas moi qui le dis), des couvre-feux qui emmerdent tout le monde (ça, c'est un peu moi qui le dis), des Coronavirus et des variants de tous pays, il n'y aura sans doute pas de tome 3.

« Sans doute », car il ne faut jamais dire jamais, c'est bien connu… Sinon, l'envie vous prend de braver l'interdiction, y compris celle que vous avez instaurée.

Mais il y aura d'autres aventures.

Nous avons écrit l'histoire, nous les habitants du 21ᵉ siècle.

Nous avons écrit sur les murs du silence.

Tout en devenant nous-mêmes silencieux.

Nous avons vu la mort de notre ancienne vie.

Nous sommes un peu morts quelque part.

Nous mourrons moins à la fin peut-être.

THE END

Drôles de pages

Collection dirigée par Yoann Laurent-Rouault

Chroniques, récits, journaux, témoignages, carnets de bord, expériences en tous genres, loufoqueries et billevesées. Théâtre et roman. Nouvelles. Poésie. L'élixir et aussi le flacon. Tout y est possible.

Une seule condition d'admission : l'humour et la réflexion doivent s'unir pour le meilleur et non pour le pire.

Cette collection est effectivement un agglomérat de drôles de pages, servez-vous et dégustez chaud !

À découvrir dans la collection Drôles de pages

Aimez-vous les uns les autres
de Sir Sami Rliton

Le meurtre du bon sens
de Gilles Nuytens

Petit traité philosophique d'une confinée du peuple
d'Anne-Sophie Tredet

L'existence de l'inexistence
de Jean Guesly

ZAD
de Julie Jézéquel et Christophe Léon

Quatre en quatre temps
de Sylvie Bizien

L'humanisme avant tout
de Badis Diab

L'Édredon

La revue littéraire de JDH Éditions

Venez découvrir les textes de la revue

**Textes et articles dans un rubriquage varié
(chroniques, billets d'humeur, cinéma, poésie…)**

Suivez **JDH Éditions** sur les réseaux sociaux
pour en savoir plus sur les auteurs,
les nouveautés, les projets...

Inscrivez-vous à notre Newsletter sur
www.jdheditions.fr
Pour recevoir l'actualité de nos nouvelles
parutions